宇宙でいちばんあかるい屋根

野中ともそ

角川文庫 14319

目次

本文イラスト／吉田尚令

1　春の夜の侵入者

ぜったい断言できる。星ばあはおよそ、ばあさんとしてきらわれる資質をすべてかねそなえてた。

星ばあは底意地わるい。ずるがしこくて、粗野だ。つごうのいいときだけ、か弱い老人ぶっては、おいしいとこをかっさらっていく。ひとの痛い部分につけこんで、つけつけした物言いで助言者ぶるときの得意げな顔といったら。

そのあとで、すかさず見返りを要求するところなんか、憎々しい魔女そっくりだ。

新しくおとずれる夏の気配に出会うたび、ふいに思いだす。星ばあとの場面。そこは、いつでも夜のなかだ。夜というより、ヨルと書くほうが似あうような。

すずしい紺色がみょうなあかるさでひろがる、少しよそよそしい夜空を、細っこいからだが横切る。魔女のほうきならぬキックボードに乗っかって。

心がくたびれ、このまま朝をむかえるのも面倒だなと思う夜。星ばあがついたあらぬかぎりの大うそを思いおこす。わくわくした気分がほんの少し、ほんの少しだけよみがえる。

本当もうそも吸いとってしまいそうな、星ぼしの遠さが、胸にすっとおりてくる。

夜の空。小さいころから、ながめるのがすきだった。

真っ黒でおもたい夜空。ぐんじょうの空に、パイナップルの皮みたいな模様で透ける雲。どんな場所から見あげるどんな空も、それなりに捨てがたい。

なかでもすきなのは、自分んちの階段のつきあたりにある出窓から見る景色。

わが家は、郊外の住宅地にある。私がまだ小さいころ、サラリーマンの父親がこつこつ積みあげた貯金とローンで買った平凡なたてうり住宅だ。きゅうくつな小窓から、頭をつきだすようにして真下を見おろすと、せまい庭がある。ママがたんねんに手入れするハーブと多年草は、闇にまぎれてる。遠くにれんめんとつづく、なんとはない夜の風景。

夜のふもとにつらなる屋根屋根のシルエットを見ていると、幼いころの自分に、いつしかワープしそうになる。あまりにも長いこと、変わりばえしないながめのせいで。

メアリー・ポピンズをオリジナルから『公園のメアリー・ポピンズ』『帰ってきたメアリー・ポピンズ』まで、夢中で読みふけっていたあのころは、訓練しだいで自分も空を飛べるんじゃないかって、ひそかに信じてた——そうしたら屋根から屋根へつたい飛び、すきな場所に行けるのに（発想としちゃ、ポピンズよりも忍者のノリだ）。ただ、どんな訓練をすればいいのか、まるで見当がつかなかったのだ。

窓辺でほおづえなんかついていると、今でも試したくて、つま先がむずむずしてくる。

勇気を出してここから飛び降りたら、そのままふわりとからだが舞うんじゃないかってね。さすがに中学生ともなると、そんな危険な賭《か》けに手だしはしないけど。

しかし！　かわりに、私は、もっとばかげたまねをしでかしてしまったのでした。

それもこれも夜のせい。見とれちゃうほどあでやかな紫色をした昨日の空のせいだ。

こともあろうに、思っているひとに、手紙を出したのだ。それも夜書いて、夜のうちに。

〝朝になれば、きっと恥ずかしくて気が変わっちゃうだろうから〟

なんて世間いっぱんの逆をいく発想で自分をときふせ、夜のうちにポストに入れにいった。

夜は、ときどき、ひどく残酷にひとをあやつってしまう。

朝の陽射《ひざ》しで目が覚め、机の上にころがる蛍光ペンやバンビのシール（封筒に貼った）が目に入ったときは、暗たんたる気持ちにおちいった。だいたい、告白なんてキャラじゃないのだ。たとえそれが、ラブレターでもなんでもなく、たんなる誕生日カードだったにしても。私には、バクダン級の告白も同じなのだった。

亨《とおる》くんへの、一世一代の意思表示。そして、私はそれを、激しく激しく後悔した。

しかも大学生にむかって、バンビだ。あたま痛い。

中学生ってこんなとき、すごく不便だ。ちゅうとはんぱな年齢だと思う。オトナ、同級生、その中間の人々（たとえば亨くんみたいな）にたいして、自分のひきだしから、器用に中身をとりだしてみせなきゃならない。それが、いわゆる「びみょうなシュンキ」をなめらかにやりすごすコツだから。なのに、こうしてときおり失敗をしでかすのだ。

すると、まわりと自分だけでなく、自分のなかにもずれが生まれてくる。ひどくぎざぎざした心もちになってしまう。授業で習った地震前の地底断層みたいに。

学校にいる間も、放課後の書道教室のさいちゅうも、私は怒濤《どとう》のようにくやみつづけた。あまりにもいきおいよく墨をすったせいで、黒いしぶきが硯《すずり》から飛びちる。ひと文字ごとに自分へのおん念がこもったヘビ文字を（ちなみに文字は「後悔」だ）、牛山先生は、

「なかなかパワーがある字だね。くやんでるわりに、やたら元気なとこがいい」

と、ほめてくれたけど。そもそも牛山先生は、けっして、ひとの字をけなしたりしないのだ。

同じ町内だから、郵便は明日には確実に浅倉家（亨くんの家だ）のポストに投げこまれるだろう。とり返すなら、郵便受けを張って、盗みだすしかない。

三軒先のご近所で泥棒のごときまねをして浅倉家のひとに見つかるのと、亨くんにカードを読まれるのとでは、どっちがましなんだろう。あたまの芯《しん》は、洗濯機のようにぐるぐる回転しつづけ、教室が終わるころには、のびきったゴムみたいにくたりとしていた。

教室からひとがひくまで、のろのろと帰りじたくをする。廊下にあるトイレに寄っ

て出てくると、駅前の貸しビルにすでにひと気はなかった。

階段を下りて商店街に出るかわりに、はずみをつけ三階分をのぼりきる。以前、年配の生徒さんに「このビル、エレベーターはないの」と不満をぶつけられた牛山先生は、すまなそうにあたまをかいていた。こういうおんぼろビルだから、貧乏な僕も教室をひらくことができたんですよ。牛山先生がひとの字をけなさないのは、寛大な姿勢によるものだけでなく、気が弱いせいもあると思う。

しめやかな夜気を吸いこんだコンクリートのにおい。屋上に通じる鉄の扉をそっと押す。まばらに散った街灯《まちあか》りと、ひろびろとした夜の空が、目の前に飛びこんできた。

この時間、つまり書道教室のある月曜と木曜夜の屋上は、私の貸切り。

小さな雑居ビルはほとんどが貸事務所で、日が暮れたあとの屋上にやってくる物好きは、ほとんどいないのだ。昼間はそれでもお弁当を食べたり煙草を吸いにくるひとがいるのだろう。ときおりおにぎりのラッピングや吸いがらがおちている。目についたごみは拾い集め、廊下のごみ箱に捨てていく。道徳観念なんて、えらそうな理由からじゃない。

私の場所だから。地底断層のごとくぎざぎざになった心を、たいらかに戻す場所。

ところが今夜は、ごみ以外の見なれない異物が、視界に入りこんできた。屋上の片すみのざらりとした暗がり。金属の光がちらとまたたいた気がした。近寄ってみると、なんとそれはキックボードだった。最近見かける電動式のかっこいいやつではなく、すでに時代遅れなふんいきの、足こぎ式のタイプだ。

——どうしてこんなものが屋上にあるわけ？

首をかしげつつ、手で押してみる。毒々しいメタリックオレンジのボードはコンクリートの上をいやいやながらとでもいうふうに、ずずっとすべる。とたんにうしろで声がした。

「ちょっとあんた、なにやってんの」

しわがれているのにみょうにはりのある高い声。ぎょっとして振りむくと、小柄なおばあさんが立っていた。腰に手をあて、いかにも「私、いばってます」というポーズだ。

意地わるそうな顔つきにくわえ、彼女の身なりに目をうばわれた。黄色地に赤紫の醜悪な花柄のカットソー。ずるりと長いスカートは縞《しま》模様。ラメ入りのエスニック風スカーフをぐるぐる首にまきつけたそのひとは、とがった目つきで、つづけた。

「ひとさまのもん勝手にさわんじゃないよ。最近のがきはゆだんもすきもありゃしない」

声音にまじる悪意にむっとしつつ、手を離す。老人の姿を目にした瞬間、これはあぶなそうな人種だととっさに判断した私は、注意深く、笑顔をうかべてみせた。

「すみません。誰もいなかったから。誰かの忘れ物かなぁと思って見てただけなんです」

「あいそ笑い」

「は？」

笑みをほっぺたにくっつけたまま、私の口はぽかんとあいた。

「なさけないねぇ、そんな若いうちから、おあいそう笑いおぼえてさ」

くにゃりと笑う口もと。裂けそうにひろがるくちびるが薄気味わるい。かかわるとろくな目にあわない。というより、さからうのがこわくて黙ったままの私に、彼女はつづけた。

「だいたい見てただけってのもうそだろ。さわってたじゃないの。うそつきは泥棒のはじまり、泥棒は地獄の入り口ってさ。まぁいいわよ、早く返してよ。あたしゃいそがしいんだ」

すでに私の手を離れ、手すりにたてかけられていたボードを彼女は顎《あご》でしゃくった。おばあさんがキックボードに乗る瞬間、派手な柄のくつしたと、鳥のように骨ばった足が見えた。

誰だって、あっけにとられる光景だろう。夜の屋上に、派手ないでたちのおばあさんがとつじょあらわれ、年にそぐわないキックボードを乗りまわしているのだ。いや、乗りまわすというには、あまりにへたくそだった。小柄なからだは、ボードの上でぐらぐらと均衡をうしない、今にも倒れそうだ。でも知ったこっちゃない。そろそろとあとずさりで、扉のほうへ退散しようとしたところで、鋭い声に呼びとめられた。

「ちょいと」

彼女は、降りたボードを毅然《きぜん》と指さすと、言った。あんた、これできる？

「これって」

「見りゃわかるだろ。この、なんてったかね、ケッコーだかキッコーマンだか」

「……キックボード」

「わかってんならさっさとお言いよ、根性わるだね。乗れるかってきいてんの」

乗れなくもないけど。口のなかであいまいにつぶやく。

じっさい乗ったことはあった。一度だけ。去年、同じクラスだった笹川《ささがわ》くんが従兄《いとこ》からもらったというお古を、試し乗りさせてもらったのだ。自転車と違い、足の底が地面をすべっていく感覚が、けっこう心地よかった。当の笹川くんも気に入り、さっさと親に買ってもらった電動式のやつに乗りかえていたっけ。それにも飽きると、スケボーとスノボに凝りだした。細身のからだにだぼりと大きなパーカを着て、ラップがすきな笹川くん。いかにもませたキッズというかんじで可愛かったけど、彼とのデートはすぐに飽きた。

亭くんの十分の一も、身にまとうしずけさがなかったから。今は、廊下ですれ違っても視線をはずされる。やっぱキッズなんだ。彼も、クラスの友だちも。そして、私も。

「反応のにぶい子だね。もしかしてコレかい」

こともあろうにこめかみの脇で人さし指をまわされたときは、さすがにかちんときた。とんだ夜だ。誕生日カードの後悔のあとは、イカレばあさん。

結局、見知らぬ老人の前で、私はキックボードをこいでみせるはめになった。

「ほう、このペダルを踏むと進むってわけかい。よくできたおもちゃじゃないか、ええ」

わかったふうな口をきき、おばあさんはおそるおそるハンドルを握る。なんだかんだ言ってこわいらしい。あたしらの年代はスピードに弱くてね。言い訳しながら、ねばり強く練習している。こわいなら乗らなけりゃいいのに。帰るに帰れない私は胸のうちで毒づく。

あぶなっかしい動きをみせながら、なんとかボードはコンクリートの上をすべりだした。

「あれれ、こりゃ調子がいいねえ」

はれやかに笑うおばあさんの頭上を、ひときわあかるい星がよぎるのが見えた。どきっとした。一瞬、彼女が夜の空にこぎだすかに思えたのだ。じっさいのおばあさんはフェンスに突進し、あれえと、すっとんきょうな声をあげている。

そのとき。くったくないしわくちゃの笑顔を見たとき、魔がさしたのかもしれなかった。

「教えてくれた礼に、ひとつ頼みごとをきいてやるよ。言ってみな。にぶそうなあんたのことだ。どうせ失敗のひとつやふたつしでかしてんだろ。とり返してやってもいいよ」

高飛車《たかびしゃ》にそう切りだされ、笑顔でうけ流すつもりが、きき返しちゃったのだ。

本当？　と。「本当に、私のした失敗、とり返してくれるの？」

キックボードにまたがった頭のおかしそうなひと相手に、何言ってんだろ、私。

けれど、そのときの私は、さしのべられるなら、どんな手でもつかんでいたはずだ。わらにもすがる思いで、おばあさんの枯れ枝みたいな手をとっていた。

きっと、これも夜のせいだ。やわらかな春の夜のしじまに飛びこんできた侵入者のせい。

「じゃあ、そのおさななじみのコウジくんとやらに出したくもない手紙を出しちまったってわけかい」と、おばあさんは、まじめくさった顔つきで確かめるように言った。

と、お、る。すかさず訂正する。亨くんの名前をまちがえるなんてもってのほかだ。

「いちいち細かいね。話の流れってもんを無視しなさんな。で、その郵便を相手に読まれる前にとり返したいってんだね」

私は、黙ってうなずく。屋上の手すりによりかかり、見ず知らずの老人に亨くんのことをうちあけているという状況に、くらくらしながら。

　きかれるまま、手紙というより誕生日カードなのだと告げると、彼女は、ひょうと小ばかにしたように口をすぼめた。

「お祝い状に、見られたくないような恥ずかしいこと書いたんかい。どうせすきとかなんとか、色気づいた台詞《せりふ》だろ。臆面《おくめん》もないねぇ」

「違う、そんなこと書いてない。ただのおめでとうだけだって」あわてて首をふる。

「かーっ、なさけないね。ようは惚《ほ》れてんだろ、すきなのにホレたのホの字もなしかい」

　今度はまるで逆のことを言う。まったく勝手ほうだいだ。私は足もとの鞄《かばん》をとりあげた。

「ばかにするんならいいです。どうせ話したのがまちがいだったんだから」

　まぁあわてなさんな。そう言ってつかまれた腕にくいこむ力が、意外なほど強い。

「どんくさいかと思えばせっかちだったり。信念のない子だねえ。安心しな。あんたの郵便は、あたしが責任もってとり戻してやっからさ」

「じゃあ、とり返せなかったら、おばあさんが責任とってくれるの？」

百パーセント信じてないくせに、試すようにおばあさんに挑むと、

「なんでもかんでも、ひとさまのせいにするんじゃないよ」

ぴしゃりとしめだすような声が返ってきた。

「あんたがカードを出したのは夜のせいとか言ってたね。とり戻せなかったら、今度はあたしのせい。その調子じゃ、この世に生まれたのは親のせいってやつかい」

「だって、おばあさんが」

叱られなれていない私は、とたんに口ごもる。誰も私を叱ったり怒ったりしないのだ。怒られるようなことはしないし、このひとみたいに他人を傷つける言葉は口にしない。

「いいかい。あたしゃ老骨にムチうって、親切をほどこしてやろうって言ってんだ。失敗したらとか責任がどうとか、ちまちました口きくんじゃないよ。ありがとう、待ってます、そんな素直な態度をしめすのが礼儀ってもんだろう」

怒ったように早口でまくしたてると、彼女は、ふたたびボードにまたがった。

私は唇をかんでうつむく。わけわかんないよ。へんなおばあさんにキックボードの講習をさせられ、秘密までうちあけて、どうして怒られなきゃなんないのか。運が悪

かったんだ。そう思いこもうとして、思考がとまる。

――これも運のせい、にしてるわけ？

私はただ、亨くんへの気持ちを誰にも、ましてや本人に知られたくなかっただけ。柵《さく》をたてててたいせつにしてる領域。その柵がくずれたら、二度とたて直せない。もとに戻れない。

こわすくらいなら、いっそ知られないほうがいい。一生、立ち入り禁止のままでいい。無神経な他人に、うちあけた自分が悪かったのだと後悔した――アア、マタ後悔ダ。

なのに、夜空を背景に、むじゃきに屋上を横切るおばあさんを見たとき、はっとした。

深いグレーの空にほうき星のような筋がはしった気がした。まぶしいひと筋の光。亨くんの奏でるバンジョーの音に似た速度で、胸にささってきた。ひとを信じるときって痛みに似てる。愚かにもそんなことを思ったのだ。

愚かついでに、次の瞬間、断言していた。

「わかった。だめもとで信じるよ。おばあさんのこと」

よろしい。だめもとってのがあんたの狭量なとこだがね。おばあさんが満足げにうなずく。それから、ずるがしこそうに薄い眉《まゆ》をあげ、「だがね」と言いたした。

「あんたのしたことにくらべりゃ、こっちのお返しのほうがはるかに大変なんだ。なにせ相手は郵便局ときてる。労力はバランスがだいじなんさ。だからといっちゃなんだが」

「なんなんですか」

いやな予感につつまれ、目の前でにたつく顔を見つめる。

「明日ここにくるとき(——いつ約束したわけ?)食べ物を色々と持ってきとくれ。偏食しない主義だからね。ぜいたくは言わないよ。ただ簡単に食べられて栄養あるもんがいいね。老人の歯のことも考えておくれ。チーズ蒸しパンと、からあげ棒は好きよ。カップのもずく酢も。おにぎりは梅と高菜。マヨツナなんて気味わるいのはやめとくれ」

もしかして、このひとホームレス? あっけにとられつつ、わずかな抵抗をこころみる。

「あの、明日はこられません。塾がある日じゃないと、夜出られないから」

ふうん。うたがいぶかそうな目つきが、のぞきこんでくる。

「ひとを働かせといて逃げようってんじゃないだろね。じゃあいつならこられるのさ」

木曜なら。正直に答えてから、しまったと思った。

「じゃそのときでいいさ。郵便はそれまでにうばっとくから。それからね、私の名前、オバアじゃないわよ、ホシノトヨっていうの。ホシノ、トヨよ」

ふくませるように言うと、おばあさんはふいに興味をうしなったように背をむけた。私の名前はきかないままで。そして、片足でコンクリートを蹴《け》ると、ハンドルをふらつかせながらキックボードをこぎだした。

肩にずっしり重い疲れを感じながら、私は屋上をあとにした。

2　隣人へのカード

亨くんのこと。浅倉亨は、うちの三軒隣に住む五歳上の幼なじみだ。

当時できたばかりの新興住宅地に、同じ時期に引っ越してきたこともあり、うちと浅倉家はすぐに家族ぐるみで親しくなった。幼い私は、亨くんを追いかけまわした。強引に男の子同士の遊びの仲間にくわえてもらったりもした。浅倉家には小さい女の子がいなかったせいで、おばさんも姉のいずみちゃんも私を可愛がってくれた。亨くんのいないすきに彼の部屋にあがりこみ、ベッドをトランポリンがわりにして遊んだこともしょっちゅうだ（わが家は布団だった）。亨くんはいやな顔ひとつせず、昆虫採集の標本づくりを教えてくれたり、集めている切手から見返り美人をくれたりした。

あの黄金の幼少時代！

私は、亨くんを「とびきり」と思っていた。とびきりというのは、ママが好んで使う言葉だ。とびきり新鮮なお魚。とびきり可愛いワンピース。亨くんは、がさつで騒々しいクラスの男子とはぜんぜん違う。服装も髪型もあたりまえで、髪を染めたりもしない。

そのしずかなあたりまえさを、亨くんは、たいせつに守っているようにさえ見えた。――亨くんは「あたりまえでいること」をとびきりすてきに表現できる男の子なんだ。

高校生になった亨くんは、かわったかたちのギターをかかえ（バンジョーという楽器だと教えてくれた）、めずらしい音楽を奏でるようになった。小学生の私にも、それが今流行《はや》りの音楽からは、ほど遠い種類の音だということがわかった。

「ブルーグラスっていってね、アメリカの田舎のほうで昔流行った音楽なんだ」

制服のない高校に通っていた亨くんは、チェックの綿シャツにリーバイスという恰《かっ》好《こう》で楽器を弾いてみせてくれた。まだへたくそで、たどたどしくはじかれた弦が乾いた音を鳴らす。

「どうしてそんな古めかしい音楽をやるの？　そのギターもへんなかたちだし」

いまいちふに落ちない私に、亨くんはちょっぴり照れながら、言った。亨くんは、音楽の話をするとき、いつも照れくさそうな顔になる。私は、まぶしげなその顔がすきだった。

「第一に、音にスリルがあること。僕はまだまだへただけどさ、うまくなると、すごくスピード感があって楽しく演奏できるんだ。音楽というより、陽気なスポーツみたいなかんじ。指じゃなくて、こう腕全体とからだを使ってね、すっごい速さで弾くんだよ」

笑いながら、亨くんはピックをもった手で、からだをこきざみにゆらしてみせた。

「第二はね、山をきわめられるってとこかな」

「山？」

音楽がどうして山登りと関係あるのかと、私は首をかしげた。

「じっさいの山じゃないよ。音楽にはさ、それぞれのジャンルの頂点をきわめるためのピラミッドみたいな山があると思うんだ。ブルーグラスは幅の広いロックやクラシックにくらべてやるひとも少ない。スタイル自体も技術は必要とされるけど、けっこう伝統的なんだな。つまりがんばれば、山の一合目にけっこう早く登れるってわけ。見晴らしのいい場所に立って、気持ちよく仲間とバンジョーを弾くのが、僕の今んと

「この目標かなぁ」

「なるほど……」

と私は言った。本当はよくわからなかったけど、山のてっぺんで気持ちよく楽器を弾く亨くんの姿は、さぞかしかっこいいに違いないと思えた。それから、おもむろにきいた。

「それってさ、ブルーグラスで〃とびきり〃になるっていうこと？」

亨くんは少し考えてから、誠実な顔でうなずいた。

「そうだな、とびきりってことかもしれないな。そういうのが、誰でもひとつくらいは、ほしいもんだろ」

うなずきながら、私はうれしかった。やはり亨くんはとびきりの男の子だと確信できたし、そういった話を年下の私にきちんと説明してくれるところもよかった。

亨くんのとびきりになりたい――空を飛ぶことと同じくらい、それは強く切ない願いになった。

けれど、彼とそんなふうに自然に言葉をかわせたのも、私が小学校を卒業するまで。中学生になった私が、彼にたいする恋心を論理的（！）に自覚したあとは、もうだめだった。

偶然のコンビニの出会いは、相手が気づかぬうちに逃げだした。頭のなかで何千回もリハーサルしたにもかかわらず（店でばったり→一緒にお菓子を買う→公園で食べる、というささやかな設定だ）。通りのむこうから近づく笑顔には、ロボット歩きですれ違う。かろうじて返す笑みは、がちがちの硬度《こうど》。制服のシャツの下は、ナイアガラなみのひや汗。

亨くんは日ましに硬化する私の態度にはじめは驚き、かすかに傷ついて見えた（これは私の錯覚《さっかく》もある）。私の妄想《もうそう》のなかでは、亨くんは嘆き哀しみ、私への真の気持ちに気づくはずだった。むろんこれも想像どまり。

じっさいの亨くんは、じきにそっけない私の態度に慣れた。同時に、前のようにあかるく話しかけてくることも、バンジョーを聞きにおいでと誘ってくれることもなくなった。といって、無視されるわけでもない。

つまり私は、ただの隣人の立場になりさがったのだ。もうそれは、完璧《かんぺき》なほど。

私が自分の柵《さく》のなかをうろついている間に、彼はバイクの免許をとり、高校を卒業し、大学生になった。ブルーグラスのサークルでバンジョーを弾き、アルバイトに通い、ときどき高級そうなバッグを腕にかけた女子大生と歩いてる。大学生はいそがしい。

わかってる。そんな日々に、隣人からお誕生日状なんてとどいたら、誰だっておどろくはず。ああ今、気づいた。カードは亨くんに見られたくないだけじゃない。あのさらさら髪の女子大生にのぞかれ、「可愛いお隣さんね」なんて、微笑まれたくないんだ。

ママがあたため直してくれた夕飯を食べながら、私はそんなことを黙々と考えていた。

今日の晩ごはんは、ひじきとじゃがいもを甘く煮たのと、ハンバーグのホワイトソースグラタン。パパの好物と、私がすきなものを組みあわせるせいで、わが家の食卓はいつも和風とも洋風ともつかないものになる。書道教室のある日は、私ひとりだけ夕食が遅くなるけれど、ママはなにげなく私と一緒にテーブルにつく。パパはテレビの前のソファに陣取り、ときおり私たちの会話に口をはさむ。なごやかで平和な家族の日常風景。

「どうしたの、つばめ。今日はなんだかぼんやりしてない？」

箸《はし》がとまったままの私を、ママがのぞきこんで言う。

「そうかな？　体育のバスケにリキいれすぎちゃって、疲れたのかも」

「学校のあとにまた塾じゃ、きついんじゃない？　疲れたときはやすんじゃえば？」

「そんなわけにゃいかないよな。つばめから通わせてくれって言いだしたんだから」

パパが新聞から顔をあげ、こちらに顔をむけて笑った。

「あら、子どもにそんなこと義務みたく押しつけちゃかわいそうよ。自分で言いだしたことは最後までまっとうすべきだなんて。大人だってむずかしいもの。ところでパパの早朝ジョギング宣言や、つばめの歴史の教科書をもう一度読み直すってあれ、どうなった？」

「う……まぁ、それはそのうちな」

パパは口ごもると、さっさと新聞に目を戻した。私とママは、おかしげに目くばせしあった。ママはやさしい。いつだって、私の肩をもってくれる。

それって、私がママの実の子どもじゃないということとは、関係ないと思う。

ママは、家族はもちろん、道端の見知らぬひとや猫やバッタにだって思いやりと慈悲をしめす人間なのだ。パパも気弱なところはあるけれど、根はやさしく、男のくせに涙もろい。私たちは、家族としてとてもうまくいっている。

だけど知っている。それは、私たちのひそやかな努力のたまものでもあるのだ。

おたがいを思いやり、平凡な家族の時間こそを、たいせつにすること。離婚して再婚する家庭なんて今はどこにでもあるのに。きまじめなパパと慎み深いママは、そのことに気負いを感じているふしがある。

私がたいした反抗期もなく育ってしまったのは、手をとりあい楽しげにがんばるふたりが、なんだかけなげで可愛かったからだ。

親を可愛いと思うなんて少しへんだけど、守られたものをこわすのは私も得意じゃない。そんなとき、私は確かに、母親よりも父親の気質をうけついでいるのだと思う。

「平気。書道なんて体力つかうもんでもないしね。飽きたらやめるかもしれないけど、今のとこは楽しいよ。学校の友だちには、ばばくさーって笑われるけどさ」

「ママはだめだわぁ、筆ペンでさえ使うの苦手なのよね。けど、いまどきの子にしちゃめずらしい趣味よねぇ。駅前の教室に通わせてくれって言ってきたときはびっくりしたもの」

「小学校のお習字の先生が面白かったからね。ちょっとやってみたかったんだ」

ママはへえ、と感心したようにうなずく。うそ。習字の時間は理科の次にきらいだった。パパは黙ったままだ。スポーツ欄に熱中しているふり。

でも私は、気づいていた。

パパがひやひやしながら会話に耳をかたむけていること。とうに別れた（パパが捨てられた）妻と同じ趣味をもつ娘。パパの話では、私を産んだ母親はけっこう名の知れたショカ（書家と書くことも、そんなしょくぎょうがあることもそれまで知らなかった）で、最近は水墨画家としても活躍しているのだそうだ。

母親の話をするとき、パパの頰《ほほ》はわずかに紅潮する。ママには内緒だぞ。そう声をひそめるパパは、父親として、ちょっぴり下世話なところがある。娘とひみつを共有する楽しみを、ひそかに味わいたいタイプなのだ。

書道への関心などまるでなかった時点で、両親にたのんで教室に通わせてもらうことにした。はじめは墨一色で何かを書くのは退屈に思えたし、墨をするだの筆の手入れだの準備もかったるいなぁ、と気おくれした。それでも知りたかったのだ。

実の母親が夢中になったことが何なのか。もちろん書道や水墨画のせいで母親が私とパパを置いて家を出たわけじゃないのは、明白だ。彼女はほかのひとに「恋をした」から家を出た。そのこともパパのうちあけ話できいている。うわきじゃなく恋だとパパは言った。

ママは、実母と同じ分野に娘が興味をしめしたからといって、哀しむことはないはずだ。やっぱり血かしらねぇ。そうまじめに感心したりするだろう。ママには自信があるのだ。

私を三歳から育てたという絶大な自信。ただ私が、母親への興味だけで書道をはじめたと知ったら、ちょっぴり傷つくかもしれない。だから私もパパも言いだせないでいるのだ。

ママもパパも私を尊重してくれている。他の友だちの親のように、必要以上のことをとやかく言ったりもしない。私もふたりが大すきなのに、どうして長いあいだ一緒にいると居心地わるくなるんだろう。胸のあたりがもやもやうずいてくるんだろう。

家族のだんらん図が織《お》られたタペストリー。私たち家族は気づかい、いたわりあいながら、それを織っているように思える。爪をたてて、ほころばせたりしないよう気をつけて。ていねいに。

私はときどき、いっけん愉快なその共同作業に疲れてしまうのかもしれない。

興味本位ではじめた書道教室も今は、わりあい気に入ってる。というより、ほかに気に入るものなんてないのだ。あかるい蛍光灯に照らされたこの家も、友だちと109のギャル系ショップをハシゴしてからパフェ食べるのも、はしゃいで撮るプリクラも。どうってことない。そこそこの人生のそこそこ上手なモノクロ水墨画の一部みたい。そこそこって便利な言葉。そして、ちょっとさびしい。高校生や大学生になったら、変わるのかな。

亨くんや、顔も知らない母親のように、自分だけのとびきりを見つけられるのかな。食器を片付け終わると、宿題があるからと、早々に自分の部屋にひきあげた。普段は、居間で家族だんらんにくわわる時間は十時までときめている。娘としての義務はマットウしなくちゃならない。でも、ときおりこんなふうに息苦しくなってしまうのだ。

つづく数日間、私は祈りながら過ごした。どうか亨くんに、道端で遭遇しませんようように。

木曜の夜。コンビニで調達した食料を手に屋上に出むく自分の律儀さ（愚かさともいう）にもおどろいたが、もっと私をおどろかせたのは、おばあ、いやホシノトヨさんだ。

見おぼえある封筒を差しだされた瞬間、動転した。うそ。まじ。どうやって？

うわごとのようにくり返す私を、あきれたような目で彼女はながめている。

「あんた、その様子じゃほんとは信じてなかったんだねぇ。だがね、喜ばせといて悪いんだがね、約束は果たせなかったんだよ」

「え、だって、この封筒……」

受けとった封筒を見おろし、あらためてぎょっとした。封があいている。

しかも中身が、肝心のカードが入っていないのは、封筒のぺらぺらした軽さでわかった。

「も、もしかして」おそるおそる口をひらく私に、彼女はすました表情で告げた。

「いやあ、タイミングの悪いこともあるもんさねえ。ちょうどあたしが郵便受けから抜きとった瞬間に彼があらわれたのさ。ひとさまの郵便盗んだのがばれたら、こんな老いぼれとて警察につきだされちまうかもしれないだろ。仕方ないから、とっさに、あんたからこれをことづかってきたんだっつって相手に差しだしちまったのさ」

ええっ。情けない声が出た。ただ郵便がとどくならまだしも、どうしてこんなおばあさんが私からのカードをとどけにくるのか。亨くんだって、さぞかし混乱したに違いない。

「しかしまあ、ありゃなかなか根性がすわった落ち着いた男だねえ。とっさに、ありがとうって礼の言葉が出るんだからさ。ついでに、そりゃ誕生日カードらしいよって教えてやるとさ、ああそうなんですかってうれしそうな顔してたよ。それでほら、これ」

彼女は言うと、私の手のなかの封筒をうばって、さかさに振ってみせた。てのひらに、小さな三角形のプラスチックのようなものがおちてきた。見おぼえがある。亨くんがバンジョーを弾くときのピックだ。

「どうしたの？　これ」私はいきおいこんで、たずねた。

「きちんとデリバリーした証拠に封筒だけ返してよって言うとさ、じゃあこれをあんたに渡してくれとさ。お礼のつもりじゃないかい。礼儀正しい、いい男じゃないか。ちょっとニヒルなとこが死んだじいさんに似てる気もするし。あたしがもう少し若けりゃねえ」

にやにや思いだし笑いをしているおばあさんを無視して、私は手のなかのピックを見つめた。亨くんのピック。彼の指と楽器をつないで音をつまびく、小さなかけら。私は、いとおしい思いでそれをにぎりしめた。なんだかややこしいことになってしまったけれど、すべてをチャラにできるほど、私はうれしくなってしまった。ピックは、夜空にとけそうにやわらかく透きとおった茶色をしている。

——これを亨くんが、私にくれたんだ。

ありがとう。私は、夜の屋上の片すみで、しずかにつぶやいていた。

まんまとだまされたのを知ったのは、そのたった数日後のことだ。

まあ、あんなうさんくさいばあさんを信じた私もまちがっていたのだけど。

数日間、私はピックをお財布に入れ、かたときも離さず持ち歩いていた。肌身離さず身につけていたかったせいもあるが、亨くんに会ったら「これをありがとう」とお礼を言いたかったから。

土曜の午後。今まであれだけ必死に避けていた相手と遭遇する機会は、あっけなくおとずれた。あたりまえだ。ご近所さんなのだから、会わないほうがむずかしい。

通りのむこうから歩いてくる亨くんに、私は渾身《こんしん》の勇気をふりしぼり、声をかけた。

「あの」

今までこそこそと逃げ回っていた相手から声をかけられ、亭くんはちょっとびっくりしたようだった。それでも次の瞬間には、さらりとなつかしい笑顔があふれた。お財布からピックを取りだし、おずおずと切りだす。これ、と、私が言いかけたそのときだ。

ありがとう、と言う前に、亭くんは「ああそれ！」と、うれしげな声をあげた。

「なくしたかと思ってたんだ。つばめちゃんが見つけてくれたんだ、ありがとう。でもどうやって……もしかして、家の前とかに落ちてた？」

事情をのみこめないまま、私はあいまいにうなずいていた。

「そっかあ。でもおかしいなあ、ケースから落ちることなんてめったにないのに。でもうれしいよ。実はこれ、べっこうでさ、けっこう貴重なんだ。浅草のべっこう屋さんで特別に注文してつくってもらったものでね。いやあ、本当に助かったな。ありがとう」

亭くんは興奮した口ぶりでしゃべりつづけた。二年近くもろくに言葉をかわしていなかった事実など忘れたように。私はあっけにとられながらも、おそるおそる切りだした。

「あの、カードだけど……」

「え？　カードが、なに？」亨くんのきょとんとした顔を見たとたん、確信した。

「ううん、なんでもない」首をふりながら思った。亨くんはあのカード、見てないんだ。

亨くんは何度もお礼を言うと、またね、と駅の方角に歩いていった。背の高いうしろ姿を見送りながら、膝《ひざ》ががくがくしているのにはじめて気づく。たった数日間だけ私を幸せにした魔法のピックは、あっけなく持ち主のもとへと戻っていった。

「あら、ばれちまったかい？」

怒りをかくせず立ちつくす私に、ホシノトヨはそう言い、ぺろりと長い舌を出した。

魂をぬかれたように私は日曜日を過ごし、のんきな両親を心配させた。月曜の授業と書道教室をじりじりとやり過ごし、こうして屋上に駆けあがってきたのだ。

ホシノトヨは、私を待ちかねていたように、キックボードに腰をおろして桜餅《さくらもち》を食べていた顔をあげた。

「どうしてあんなややこしいうそつくのよ？　それに、あのピック……」

「あんたもまぬけだねぇ。せっかく思いびとの品をくすねてきてやったってのに」

「くすねたって……」

まぁ方法は企業ひみつだがね。しれっとした顔で、わけのわからないことを言う。

私はぼう然と、フェンスのむこうにひろがる地味な街灯り《まちあか》を見つめた。意味がわからない。どうしてこのひと、こんなまねするんだろう。

彼女はおどけた様子で肩をすくめた。

「ちなみにちょいと興味があったからさ、中身を見せてもらったがね」

そう言うと、派手な布がぬいあわさった巾着袋《きんちゃくぶくろ》から、私のカードをとりだしてみせた。

「なによこれ。本当にお誕生日おめでとうだけじゃないかい、つまんないったら。しかもこの文句、給食時間のヒーローがどうのって意味不明だわよ。あたしが盗みだしでもしなきゃ、あの男の子に不気味がられるとこだったよ、あんた」

怒りと恥ずかしさで、耳たぶが熱くなる。ホシノトヨは、なおも言いつのった。

「あらかた小学校時代の美化された思い出とやらに執着してんだろうけどね。そりゃあぶないよ。第一、発展性ってもんがない。中学生にもなって、お猿の教室みたいな昔のアルバムうっとりめくってる場合じゃないよ。処女だろ、どうせあんた」

「な……そんなこと関係ないでしょ！　おばあさんなんかに」

下卑《げび》た笑いをはねかえすようににらみつけたが、彼女はおかまいなしでつづけた。

「男も知らないあんたでも考えりゃわかるだろう。オスってのは前に前に進んでく生きものなんだ。今回は義理もあったし、それとり戻してやったがね。お次は昔の感傷なんか持ちだして相手をしらけさせんじゃないよ。もっと前むきにあたってくだけろってもんだ」

おばあさんの得意げなしゃべりをきき流し、私は手もとのカードをおそるおそるひらく。

ミッフィーの絵がついた原色使いのカード。ミッフィーってこんなに表情なかったっけ。無表情で立ちすくむうさぎに蛍光ブルーで吹きだしをつけ、そのなかに書いた文字。

——亨くんへ。お誕生日おめでとう。いつまでも私の給食時間のヒーローでいてください。

ほんとだ、意味不明。大学生の亨くんが給食時間の教室にあらわれるべくもない。

過去の思い出にこびたひとりよがり。亨くんがおぼえてるかもわからない、ちっぽけな思い出に。

一時は得意の筆文字で書こうとしたけれど、はやまらなくてよかった。でもどうせ亨くんは見なかったから関係ないか。そんなことを思いながらうつむいていたら、わざわざカラーペンでかげをつけたHappy Birthdayの文字にぽたぽた涙がおちた。おどろいた。

何のための涙だかわからなかった。カードを見られなかった安心感？　伝えられなかった言葉が戻ってきた切なさ？　下品なこのひとに宝物みたいな過ぎた時間を否定されたくやしさ？　どれも違う気がする。私には、本当の気持ちなんて、ない気がした。

「がき。」

だみ声が力強く響いた。あわてて頬をぬぐい顔をあげると、押すようなまなざしにぶつかった。しわにうもれた小さな目は、ミッフィーみたいに、黒くてまん丸い。

「過ぎたことにすがったり悲嘆にくれんのは、年寄りじゃない。がきのするこったよ」

「なに、それ」

自分の鼻声が、顔の外側で、もわもわと響く。

「老い先みじかくなると、もったいなくてそんなことしてらんねえんだ。時間をもっと気持ちよく使うため色々頭使うんだよ、からだも使う、こうしてさ。有意義なんかじゃなくていいから、心地いい時間がだいじなんだ。あんたも出せなかった手紙見てじめじめ暗くなってるヒマがあったら、手紙なんかでなく、口で伝えて気持ちいい思いしてみな」

私はきょとんとしながらも、しだいにおかしさがくつくつこみあげてきた。私は言った。

「口で言えないからカード書いたんじゃない（それも渡せなかったけど）。年とると節操《せっそう》なくなってなんでも言えるからうらやましいよ。私はまだ悩めるタカンなお年頃だから」

かーっ。おばあさんは大きな口を愉快《ゆかい》げにひらいた。洞穴《ほらあな》みたいな口ももうこわくない。

「言うようになってきたじゃんか。その調子だ。でタカンてどう書くか知ってんのかい」

多い感情でしょ。ぶぜんとした顔で、答える。

「はん。あんたは気持ちをなるたけ少なく保とうとしてるように見えるがね。まったくけちくさいがきだよ。たのんだ食べ物だってあれっぽっち。もずく酢はどうしたのさ」

不満げに肩をすくめると、おばあさんはまたキックボードをこぎだした。あれから練習したのか、少しはうまくなっている。

ふいに疑問がうかぶ。こんな乗り物を練習することと「老い先」を有効に使うこと。どんな関係があるんだろう。

薄くなった髪をラベンダー色に染めたおばあさんの頭上で、星のつめたい青がきらめく。

「ホシ……ほしばあ」

思わずつぶやく。私の夜をかきまわす、いまいましい侵入者に進呈したニックネーム。不器用にキックボードをあやつる小さくかたい背に、今度は大きく呼びかけていた。

よくも悪くも、私はこうしてあやしいおばあさんと親しくなった。そのついでに、わだかまっていた亨くんとの距離も、ピックがきっかけでほんの少しだけ、もとに戻ったのだった。

出せなかったバースデーカードは、今も机のひきだしにしまわれたままだ。

3　屋根とほおずき

私の通う書道塾は、いっぷう変わったところだ。それは塾長の牛山先生の書にたいする持論によるものらしかった。たとえば、その日書く文字を選ぶのは、いっさい生徒の意思にまかせる。課題の字もなければ、名言や四文字熟語でなくともかまわない。学校の習字の時間に習うような、ハネや手首の力をぬく箇所も、お手本にのっとったものじゃない。すべて自由。ようはいいかげんなのだ。書きたい文字――かたかなでも、マルや三角の記号でもいいですよ、と先生は告げた――を書きたいように、書く。

「だいじなのは字そのものじゃない。書にこめる気持ちとその過程なんです。根性なしのひとが根性なんて書いてもしらけるだけだし、逆に優雅《ゆうが》になりたいひとはそう書けばいい」

教室にはさまざまな年代の生徒がいる。牛山先生の言葉にはげまされたトッカ精肉店のおばさんは早速、丸々と太った指で「エレガンス」と筆をはこんでいた。誰が何を書いても学校みたいに茶化《ちゃか》すひとはいない。そんなときここは、大人の集まりだなって思う。

私が今日、こころみた字は「結婚」。なぜだかふいに、頭に言葉がうかんだのだ。なんだろう、けっこんって。夫婦って。どこかしら「家族」よりもひみつめいて、あまったるい響きをふくむ言葉。文字にすれば、少しはわかる気がしたけど、むだだった。

うちの両親は、単純にケッコンを礼賛《らいさん》する。節操のない彼らは、平気で娘の私にのろけてみせるのだ。つばめ、結婚てのはいいもんだぞ。おまえも相手を選ぶときは、学歴や見ばえじゃなく、一緒に毎日おいしいメシを食えるくいしん坊なやつを選べよ。そういうパパは、出世より、家族との夕飯に間にあうことに人生賭《か》けているふしがある。

結婚って、相手の好みにあわせた料理をテーブルに並べること？　料理に興味があるならシェフになればいい。夫婦っていうのは、一緒にTVを見てくすくす笑うこと？　ひとりで見たって笑える番組、たくさんある。なんだか、じったいが見えないのだ。

婚をむすぶ、か。牛山先生が、書き終えた不恰好《ぶかっこう》な文字をのぞきこんで言う。

「女の子はやっぱりあこがれるんだろうね。いいねぇ、うん。希望のこもったいい字だ」

希望だって。先生はときどき適当なことを言う。教室の後にデートをひかえ、気もそぞろなのだ。もうすぐ四十になるという牛山先生は、結婚したことがないらしい。苦手なのかもしれない。結婚というとりきめを守るのが。だからすでに結婚してる女性ばかりをこいびとに選ぶのだと、生徒のおばさん同士がうわさしていた。学校よりこの教室にいるほうがずっと社会勉強になる。うわさがすきなのは、学校もここも同じだけれど。

半紙に書かれたケッコンをまるめて鞄《かばん》に放りこみ、屋上にあがる。

給食の残りのプリンを渡すと、星ばあは、

「あら、焼きプリンじゃないのかい？　あたしゃあっちのほうがすきなのにさ」

例によって文句をつぶやくわりに、ふたの裏側を舌でおいしそうになめとっている。

先週、きちんと手でちぎって残したパンを持ち帰ったとき、「あたしゃ野良猫か」

と怒鳴られた。そうなると持ち帰れるのは、パックの牛乳やプリン、ヨーグルトくらいなのだ。

給食の時間はたいてい、奥野っちや鈴子と机をつけて食べる。彼女たちが誘ってくれるから。誘われなければ、一人で食べても平気な気がする。でも、自分から試したことはない。一回試していやだったとしても、簡単にもとには戻れない。

「一人で給食食べられるコ」というレッテルは、教室では危険なものだ。プリクラや買い物は楽しくても一緒に給食食べるのは苦手。どうしてだろ。ものを食べるときって、生身の相手が見えすぎちゃうからかな。普段は見えない野性の部分。

鈴子が今日言っていた。

「きたなく食べる老人はきらわれるでしょ。うちのおじいちゃん、家族からきらわれないようにってすんごく上品に食べるんだ。私も音をたてないで食べるくせがついちゃった」

目の前の星ばあはぺちゃぺちゃ耳ざわりな音をたて、スプーンをいそがしく口にはこぶ。

きっとひとにきらわれることがこわくないんだろう。きたなく食べる。騒々しく食べる。給食の残りをむさぼるおばあさんを見てると、思いだす。小学校の帰り道、材木置き場でこっそりえさをあげていた野良猫。生きるために必死で食べてた。あの無心な目。

「結婚なんてしないほうがいいだろうよ、つばめは」

将来のハンリョを思いやる乙女の夢を、このひとは平気でうちくだく台詞《せりふ》を口にする。

「恋にこがれるショジョのうちぁ、夫婦がどんなもんか想像するのも無理だろうがね」

「またそんなこと。星ばあってどうしてそう下品なの」

「下品ついでに言ってやりゃあ」プリンの最後のひと口を音をたて啜《すす》ると、彼女は言った。

「結婚つうのはね。食事のさいちゅう、腹こわした相手が便所にうんこにかけこんでも、知らんふりでみそ汁よそってあげることよ。相手のげっぷをきいて、胃の調子でも悪いのかって気をくばることだよ。お高くとまってるあんたにゃ、むりなこったろうよ」

春の夜風はなめらかだ。雲のはしっこに、夕暮れの光のなごりが遠慮がちに輝いている。

こんなやわらかな夜に、うんことかげっぷとか口にする星ばあのセンス。まったく理解不能だ。だいたい、うちの両親はうまくいってるが、食事のとちゅうにトイレに立ちもしなければ、げっぷもおならもしない。そう言うと、星ばあは小ばかにした顔をする。

「じゃあまだまだ若いね、あんたんとこはさ」

「もう結婚して十二年だよ、うちのパパとママ」

「年月じゃないさ。めおとになって一年で血をわけあうような夫婦もいりゃ、一生そいとげても相手のことなんぞこれっぽっちもわかんねえ結婚もある。そういうものさね」

星ばあはどうなの。きいてみるが、いつものごとく答える気のない問いは無視される。

知りあって三週間が過ぎたけど、星ばあのことは何も知らない。私もきかれない。それが気楽だった。月の光の下。屋上をめぐる時間を、いっとき共にするだけの関係。

星ばあとの会話を胸のなかでまき戻し、夜の商店街を歩く。不毛な内容にあきれたり、くすくす思いだし笑いをしながら。星ばあは、憎まれ口や軽口で、ものごとを簡単にくくってしまう。頭にくること筋の通らないことも多いけど、どこかいさぎいい。そしてときどき、耳の穴を風が通りぬけるみたいに、すずやかな心地にさせられるのだ。

家につづく路地をまがったところに、車がとまっているのが見えた。街灯のとぎれた狭い道の暗がり。夜目に見ても、しずかな住宅街にそぐわない派手でバカでかい車だ。

運転席側を通りすぎようとしたとき、下品な車体にいかにも似あった横顔が目に入る。ジェルでなでつけた長めの髪。冷酷そうな薄いくちびる。縁なしの四角いサングラスは、TVで見た美形の人気歌手がかけてるのと同じかたちだったけど、この男だと単なるちんぴらふうだ。助手席のひとかげは、車内の暗がりと男が大柄のせいで、よく見えなかった。

おどろいたのは、からだをななめにして車の脇を通りすぎようとしたそのときだ。

助手席側のドアがあく。降りてきた女のひとを見て、私は身をかたくした。いずみちゃんだ。浅倉家の長女、亨くんの姉のいずみちゃん。ドアをしめた直後に、いずみちゃんは車の窓に頭をさし入れた。通りの暗がりに立つ私にも気づかぬほどのすばやさで。茶色がかった長い髪を片手でおさえると、運転席の男に顔を近づける。そうしてそのまま、男のくちびるに口をつけたのだった。男が、かがんだいずみちゃんの、ふっくらした白い顎《あご》をつまむ。とつぜん、男の顔にかぶさったままのいずみちゃんと目があった。

心臓がぎくんととびあがる。いずみちゃんは、男のひとに口づけたまま、上目づかいの目もとだけでふんわり笑った。確かに、私を見て微笑んだ。足がアスファルトにうもれたように立ちすくむ私を、挑発するように。

いずみちゃんはすばやく助手席の窓から顔をひっこめると、男に手をふり、歩きだした。

白いフレアのパンツ、素足《すあし》にミュール。街灯の光にカーディガンのラメがきらきら反射する。私の知る、清楚《せいそ》で少し流行はずれの服を着たいずみちゃんのうしろ姿じゃなかった。

早足で歩き去るいずみちゃんは、私を振り返りもしなかった。

車の脇をすりぬけてから、おそるおそる振りむく。運転席で男が煙草に火をつけるところだった。その煙の吐きだし方と、男のくせにやけに細く長い指が、なんだかヤな感じだった。なんだよ、と言いたげな視線を男がこちらにむけた。私の嫌悪を感じとるトカゲみたいな鋭い瞳《ひとみ》。

私があわてておき直り歩きだす脇を、乱暴な様子で紫色の車は走りさった。


夏の気配が、陽射しにまじりこむ春の終わり。なんだか、気の重くなる季節だ。

新学期のはじまる春にはあたりの気配をぼんやりながめるだけでよかったのが、「そろそろ活気づきなさい」とせかされてる気がする。学校にも教室にも馴《な》れあいゆえの陽気な野蛮さが、ただよいだすころ。あかるいきみどりの若芽は、目をさすようなまぶしさだ。

希望に燃えた新任の担任教師が「高校進学もそうだが、もっと先の未来や将来の自分を考えてごらん。自然と道が見えてくるから」などと口走り、私をますます沈うつな気分にさせた。将来とか未来への道とか見通しとか。教室のうしろの壁に、お行儀よく貼られたお習字の文字みたい。おとなは、見えもしないものを視力検査みたいに見させようとする。牛山先生のように、マルや三角を書いても許してくれそうにない進路指導の先生たち。

心のうちで得体の知れないものがくすぶり、わけもなくけむったい。そんなけだるい日々をひっくり返すことがおきたのは、いずみちゃんを目撃した翌々日のことだ。

学校から戻り、わが家の門をあけようとしていると、小走りで駆けてきたいずみちゃんとぶつかりそうになった。声をかけようとしたところで、亨くんが追ってきた。むろん私をではなく、いずみちゃんをだ——小さいころから、亨くんに追いかけられたことなんて一度もない。

いずみちゃんは、追いついた亨くんを振りむくと、きっぱり言った。

「あんたがそんな裏切り者だとは、知らなかったわ」

あっけにとられたまま家に入るに入れない私の前で、彼女は声をあらげた。

「とうさんには言わないっていうから、話したのに」

「とうさんには言ってない。かあさんにきかれてほんの少し話しただけで」亨くんの真顔。

「ばっかじゃないの。かあさんに言ったら、筒ぬけなのはあたりまえでしょう。こういうことってタイミングが大事なのに。あんたのせいで、台なしじゃない」

何が何だかわからないまま、私はおろおろ立ちつくしていた。へんな理屈だけど、二人がうちの真ん前で話している以上、私もそこにいることを許される気がしたのだ。なによりはじめて見る姉弟げんか。四歳違いの二人はまれに見る温和な姉弟で、小さいころから仲がよかった。二人が争うところなど見たことない。

私の知るいずみちゃんは、聖母のように寛大でやさしかった。私たちがお菓子をせがんでも、ゲームで負けかけてずるしようとしても、おっとりとそのふくよかな笑顔の下にうけとめてくれた。みとめたくはないけど、亨くんは少々シスコン気味だったかもしれない。亨くんがさとすように言う。

「ねえさん、どう考えてもだまされてると思うよ、その男に。冷静に考えてみなよ」

「会ったことないくせにどうしてわかるのよ、そんなこと」

「話きいてりゃわかるさ、ねえさんに金ださせて好きなことして。旅行まで行ってるんだろう。それにそんなに真剣な付きあいなら、なんでうちに顔見せにこないのさ」

「私のほうが家族にちゃんと話すまで待ってってたのんでるの。彼はいつだって、来たいって言ってるわ。げんに、この前だって……」

そう言いかけたいずみちゃんは、思いだしたように、いきなり私にむき直った。

「ねえ、つばめちゃんだって見たものね? 彼がうちのすぐそこまで送ってくれたの」

「は? え、うん……」いきなりふられ、私は不器用にうなずく。

「遠いし電車で帰るからいいって言ったのに、わざわざこんな入りくんだ住宅地まで送ってくれたの。両親にも挨拶《あいさつ》したいって言うのをもう遅いから今度って私がとどめたのよ」

ゆったり煙をくゆらす男の横顔を思いだす。ひえびえと夜にしずんだ、暗い瞳。

「結婚するから。あんたやとうさんかあさんがどう反対しても私、あのひとと結婚する」

亨くんは、困ったようにつぶやいた。

「結婚とかいきなり言うなよな、道端《みちばた》で。お隣さんだっているし、みっともないだろ」

オトナリサン。亨くんのパーカのポケットのへんに目をおとし、心でくり返した。

まいったな。本人の口からきくこの言葉に、これほどへこむなんて思いもしなかったよ。

いずみちゃんの横をくぐりぬけ、私は家に入ろうとした。彼女のゼブラ柄のタンクトップ。薄い布を押しあげる胸の生々しさに、目をそらしながら。

そのとき、細い声が言った。

「みっともないおとこなの」

今まで激しい瞳で亨くんをにらみつけていたいずみちゃんは、急に力がぬけて見えた。

「亨やとうさんがひっくり返ったってなれないくらい、あのひとだらしなくてみっともないの。仕事もつづかないし服の趣味わるいし。女からお金借りて平気で他の女に会いに行くようなひとよ。でもそのみっともなさ隠そうとしないの。だってそれが、あのひとには普通だから」

庭に出るときもゴルフシャツのボタンをきちんととめる、おじさんの整った身だしなみがうかぶ。おばさんやいずみちゃんの品のいい物腰。他人の目を気にするというより、かくしても身のうちから肌ににじみでるような。普段づかいの割れそうに薄いティーカップや繊細な熱帯魚の尻尾《しっぽ》。浅倉家には、うちの家とは違う空気が流れている。

亨くんの傷ついたような顔を見て、私はいずみちゃんをかすかに蔑《さげす》んだ。ミットモナイのがすきなんて、どうかしてるよ。不良にあこがれて眉《まゆ》をそるクラスの女子みたい。

「あんたと話してる暇はないわ。大学生は大学生らしく、のんきな恋でもしててよね」

およそいずみちゃんらしくないつめたい口調で言い放つと、彼女は歩いていった。一昨日の夜と同じミュール。青白く透ける踵《かかと》がどこか痛々しかった。

とり残された亨くんは、置いてきぼりの子どものように立ちつくしていたが、気づいたように私にむき直った。

「おさわがせして申し訳ない」あくまでも他人行儀なオトナリサンへの謝罪。

「いいえ」近所のおばさんのようなあいそ笑いで首をふり、家のなかに入ろうとすると、

「つばめちゃん」あらたまった声がした。

何年ぶりかで聞いた。亨くんの口から出る自分の名。急に体温があがった気がした。

「ちょっと、いいかな」

「あ、うん」

うながされて歩きだす。信じられなかった。亨くんの横を、歩いてる。春のぼわぼわぬるんだ陽射しを浴びて、私にあわせてくれる亨くんの歩調。ミチならぬ恋をしていそうないずみちゃんに、猛然と感謝した。車のなかから自分をにらんだ冷酷な目つきにさえ。

「ごめんね、へんなとこ見せて」と、歩きながら亨くんは、しずかな声で言った。

あわてて首をふる。迷惑だったと思われたくなくて。何かしゃべらなきゃと思い、

「ちょっとびっくりしたけど」と私が言うと、

「うん。俺もびっくりした。姉貴にもあんなこと言う自分にも」

亨くんもうすぐ笑う。

「学校帰り?」

亨くんは私の制服をながめ、あたりまえのことをきく。うん、と答えながら、気づいてた。亨くんは、私が見た男のことを知りたがっているのだ。

私の目撃談などたいした役にも立たないと知りつつも、姉を心配するあまり、たずねずにはいられない。亨くんだって、みっともなくてかっこいいのに。

あの夜の男に関して、私はあやしげな記憶を懸命にひねりだし、おぼえているかぎりのことを告げた。といっても一瞬の出来事だ。たいした収穫なんてない。車高のやたらに低いメタリックパープルの車。迷惑な路上駐車に四角い縁なしサングラス――キスのことだけは触れられなかった。亨くんはどんなつまらないことも（つけすぎのヘアジェルやダサいマスコット人形）子どもじみた真剣な顔できいった。ひとの恋路をじゃまするほどまぬけなことはないけど。亨くんが苦く笑う。

「それでも、なんだかいやな予感がしてね。弟の口から言うのもなんだけど、姉貴はだまされやすいっていうか男を見る目なくてね。前にも……すごくいやな目にあってるから」

亨くんの顔にかげがおちる。「いやな目」がどんなことか私はきけなかった。それより、私を年下あつかいしない誠実な口ぶりがうれしい。いつでも亨くんはそうだった。

「何がいい？」

児童公園の入り口にさしかかったところで、ふいにきかれた。

「え？」首をひねる私の前に自動販売機があった。緊張していて目に入らなかったのだ。

「ジュース？　ミルクティー？」

「あ、じゃあ、濃縮ピーチ」

私の答えに亨くんはおかしそうに目を細め、かわんないね、と言った。

「昔からつばめちゃん、桃がすきだったよなあ。ネクターも缶詰のやつも新鮮なのも」

とたんに舌の上によみがえる。亨くんちにあがりこんだ午後、汁をぽたぽたたらしながらかぶりついた白桃のあまずっぱさ。いずみちゃんが切ってくれると言ったのを、まるごとがいいと制して笑われたっけ。

至福の夏の昼さがり。あのときと同じくらい幸せだった。

「今もすき。あますぎる缶詰以外のは。亨くんは？　今でも栗《くり》がすき？」

「うーん、すきだけど、むくのはタルいなぁ。今は〝甘栗むいちゃいました〟専門かな」

あれおいしいよね。うなずきながら、「すごい」と感じた。すごいすごい。こういうのってわからないけど、別れてふたたびめぐりあったこいびと同士みたいだ。昔に知った互いのすきなものの話。笹川くんと今、彼が夢中だったキックボードのことを話しても、こんな気持ちにならないだろう。笹川くんがあのころ何がすきで、今何に夢中かなんて、悪いけど、興味ない。きっと彼もそう。そう思うと、今は彼のことすきでもなんでもないのに、わずかにさびしい気持ちになった。児童公園に、白《はく》丁花《ちょうげ》のにおいが舞っている。

亨くんは自分の家の前までくると、「今日はありがとう」と丁寧な声で頭をさげた。

「また何か思い出したら、つたえるね」

忠実なやとわれ探偵の心意気でうなずいたあと、あ、と声がでた。なに？　と首をかしげる亨くんに、「ううん、なんでもない」と、にっこりする。

十六日おくれのお誕生日おめでとう、の言葉は、晴れやかな空に吸いこまれ消えた。

あんのじょう、星ばあはあからさまに面倒そうな顔をしてみせた。

「なんだって、あたしにそんなかったるいことたのむかねぇ」

いずみちゃんの彼氏の身元をしらべてほしい。星ばあに、そう持ちかけたのだ。

「あたしのこと女スパイか敏腕な探偵とでも思ってるふしがあるね、あんたは」

そんな恰好《かっこう》いいもんか、と思ったが、おだてた口ぶりでうなずいた。

「だってたよりになるんだもの星ばあは。ファミリーマートの特製弁当、二回分でどう？」

ほめられるのがまんざらきらいじゃない彼女は、ふん、と鼻をならしたあと、とつぜん「屋根を……」と、はじめた。

「屋根を見るとこから、まずははじめなきゃなんないね」

「屋根？」

なぜいきなりそんなものが出てくるのか。星ばあの話は、いつだってとうとつだ。

「あたしゃこれまで多くの屋根を見てきたからね、屋根見りゃその家の人間がわかるさ」

「どうして屋根なんかたくさん見てきたの。建築関係？　まさか、とび職人だったとか」

「ばかめ。あんたのまぬけぶりにはいらいらさせられるよ。少しは洞察力があるとみこんであえて言わんかったが、まるでひとの才を見やぶる目がないときちゃ。とびじゃなく、本当に飛んでっからにきまってんだろ。とにかくだ、あたしが見たかぎりの屋根じゃ……」

あまりに荒唐無稽《こうとうむけい》な話——ひとの才？　とぶ？　空を？——を前提に、星ばあは言葉をつづけた。どうせいつものホラ話だと、とっぴょうしもない部分はうけ流しつつも、私は耳をかたむけた。屋根の話が、なんだかおもしろかったから。

ぺらぺらのトタン屋根でも丁寧に手入れしてありゃ、几帳面《きちようめん》に生きてるひとが住んでる。屋根に負担のかかるおもたいだけの飾り瓦《がわら》をのっけてるうちは、肩にお金やしがらみ、重いものたくさんのせて生きてるね。天窓のあるうちは苦手よ、まんいち休憩中に見つかりでもしたら面倒なことになっちまう。星ばあは、べらべらとそんなことをまくしたてた。

「あんたんちはだめだね。なんだい、あのびかびか光った品のない青。瓦じゃなくてプラスチックみたいでないかい。台風でもくりゃ、ふっとんじまう」

「なんでうちの屋根の色まで知ってるわけ？」

「だから毎晩飛んでりゃわかるって言ってんだろ」たまげている私に、あたりまえの顔をする。

「あのコンちはまぁいいわよ。上等の和瓦だし、雨どいも軒のたわみもきれいに手入れされとる。地味でも手をかけた屋根の下に育った子は、どんなに新しい恰好しようともそれなりにきちんとしてるもんだよ。屋根に守られてるんさ、どんな家も人間も」

誰の家のことを言っているのか、すぐにわかった。にび色の瓦の浅倉家。

十六ですぐにバイクの免許をとった亨くんは暴走族に入ることもなかったし、いずみちゃんは派手になったとはいえ、仕事は短大を卒業してからずっと堅実な会社の経理課だ。

「なんとなく星ばあの言うことはわかったけどさ。マンションやアパートのひとはどうなの。自分ンちの屋根なんて持ってないじゃん」

「たとえで言ってんだろ、機転がきかない子だね。自分がどんな屋根の下にいるか知ってる人間は強い。自分を知ってるってことさ。いいマンションに住んで豪華な暮らししてたって、自分ンとこの屋上にあがってみるなんて考えもつかん人間もいる。そこからどんな街が見えてどんな屋根がつづいてるかなんて、興味もないんだな。さみしいもんだ」

こうして屋上で袖《そで》すりあうも他生の縁てな。

星ばあは意味のわからないことを口にしたあとで、片目をつぶった。

「セブン・イレブンの特上幕の内五日分で手をうつとするかね、その相手の男とやらのこと」


いずみちゃんをふたたび見かけたのは数日後のことだ。学校へ向かう私の脇を追いぬき、朝の駅へと急ぐいずみちゃんの手にさげられた大きな旅行バッグ。思わず呼びかけていた。

「いずみちゃん」

「あら」と振りむいた白く小さな顔が、腫《は》れぼったい。目の下に、傷みたいなくまがある。

「今まで近所でもほとんど会わなかったのに、最近よく会うね」

微笑む彼女の頰に、昔と同じえくぼを見つけた私は、なぜだかほっとしながら言った。

「旅行？」きっと家を出て行くのだとわかっていて、きいたのだった。

「そうね、旅みたいなもん。さきに何があるかわかんないとこがね。でも旅行と違うのはもう帰ってこないことかな」

「帰ってこないの？」

帰ってきて。そうたのめば、昔みたいに「仕方ないね」とあきらめてくれる気がした。自分のぶんのお菓子を私にわけてくれたときのように。ききわけない私の願いをかなえてくれる気がした。でも言わなかった。それは同じ屋根の下に住むひとが言うべきことだと、成長した私は知っていた。

たぶんね。にっこり笑う額に朝の光が照りかえす。私は、急にうらやましくなった。とうとつに、家を捨て出て行った母親のことがよぎる。こんなふうに出て行ったのかな。

こんなはればれしい笑顔で。オイテイクモノのことなんか考えもせずに。

物心ついたときから、私には今の家族がすべてだ。自分を生んだ母親に会いたがる感傷もひまも好奇心も持ちあわせてない。なのに、私の心の片すみには小さな穴があいてる。

残された者。別れの意味も知らないうちにとり残された私は、母親のことを思うとき、いつでもとどかない星を思うような、まぶしくてぽっかりさびしい心地になる。憎しみも怒りもない。ただ一方的に心にほられた別れの穴の深さは、うまることはなかった。

こんなふうに出て行くいずみちゃんは、亨くんの心にも同じような穴をあけるのかな。

じゃあね、と歩き去ろうとする彼女を、思わず呼びとめていた。いずみちゃん。

「ん？」彼女が振りむく。桃、もっと食べる？　と言ってくれたときのあまやかな顔で。

「あの、あのね。屋根、なんだって」急ぐひとをひきとめているあせりで、口がうまくまわらない。なぁに、それ。いずみちゃんは、おかしげな表情で、おっとりと首をかしげた。私はなおもいきおいこんで、つづけた。

「えっとね、誰かと家のなかにいるのはあたりまえだけど、屋根も一緒に見れるようになんなきゃだめなんだって。ベランダや屋上から、一緒に住む場所をながめわたせるような、そんな関係がいいんだって」

「なぁに、それ」同じ言葉をくり返すいずみちゃんの顔。一瞬泣きそうにゆがんだかに見えた。それを見て、どうしてだろう、私も胸がくるしくなった。理由もなく、痛かった。

「ばいばい」

いずみちゃんは言い、まっすぐな背筋で重そうな荷物を持ちながら、歩きだした。

星ばあが、私にほおずきの実を渡したのは、それから二週間後のことだ。

「なに、これ」

サイケ調のロングスカートのポケットから出されたそれは、形が少しひしゃげている。

「見りゃわかるだろうが。ほおずきさ。あんたの彼氏のねえさんと……」

「彼じゃないよ、亨くんは」

「わかってるよ、おべんちゃら言ってやったんだろ。まぁいい。それはな、あのすました女と、かいしょうなしの男の家のベランダに置いてあった鉢からとってきたんさ」

「また、そんなこと……」

得意げに告げる星ばあを見つめ、私はあきれ返った声を出す。

「それより、住所教えてよ、約束だったでしょ。二人が住んでる場所の」

それを大事な手土産に、亨くんに話しかけるのだ。

「そんなものぁない」星ばあはとぼけた顔で、空を仰いで言った。あいつらにはまだ住所なんてもんはないよ。だれかに、ちゃんとここが自分の家だって言える場所はもちあわせてねえんだ。まぁだがな、だいじょうぶだろ。

「何がだいじょうぶなのよお」

やられた。少ないお小遣いをやりくりして買った幕の内五個、だましとられたのだ。けれど、淡い緑のさやからのぞく実を見ていたら、なぜだか腹立たしさがすうっとひいていく。つやめいた実。いずみちゃんのミュールに似たあざやかな朱色だ。

「きれいな実だろ。ちっぽけなベランダが、こんなもんひとつであかるく見えちまう」

星ばあの自慢げな声にうなずきながら、ふしぎな思いでほおずきの実をそっとなでた。

――これ、本当にいずみちゃんと男の部屋のベランダにあったものかもしれない。

ふたりでほおずきの鉢を買い、ベランダに置いて水をやる。そんな夜を過ごしてるなら、いずみちゃんはだいじょうぶかもしれない。なぜだかそんなふうに思えてしまったのだ。

やぶれそうに薄い皮につつまれたほおずきの実は、それでもはりつめた弾力がある。内側に透ける、ぎっしりつまった種の重み。指先にしずかな生命の力が伝わってきた。

4　雨、空のクラゲ

星ばあとはじめて、屋上ではない場所で会うことになった。とうとつに誘われたのだ。

水族館にクラゲを見に行こうじゃないか。そう切りだされて、私はめんくらった。

「いいけどさ。でもどうして、クラゲなわけ？」

「そりゃミリョクがあるからにきまってんだろ。クラゲのよさがわからねえなんて、あんたもまだまだだねえ」

何がまだまだなのかわからないまま、強引に約束させられた。土曜日の午前十一時、バス停の前で。待ちあわせ。星ばあと。昼ひなかの空の下で？　なんだか、へんな感じだ。

わくわくともそわそわともつかない気分で、昨日はよく眠れなかった。

星ばあのリクエスト通り、熱い緑茶入りの水筒——お茶はやっぱり急須で入れたもんでなきゃねえ。星ばあは缶入りの生茶を啜《すす》り、不満げに言う——をトートバッグに入れ、約束のバス停にむかう。

朝からおもたい雨の降る土曜日。大きな傘にかくれるようにして、星ばあはバス停にちょこんとたたずんでいた。傘は、黒地にあざやかな黄のイエローキャブやら真っ赤なポルシェがプリントされた派手派手しいやつだ。

「おそいじゃないかい」

言われて時計を見ると、まだ十一時十分前だった。

水族館のある海辺の町までバスに乗り、そこから少し歩いた。

通いなれた道なのか、早足ですたすた歩く星ばあが、ふいに歩調をゆるめた。

「ありゃあ、なかなかごりっぱな屋根だあね」

傘の下から腕をくぐらせ、星ばあが指さす。今どきめずらしい引き戸の門の奥に、りっぱなかまえの日本家屋が見えた。海辺に近いこのあたりは、高級住宅地のようだった。どの家も住宅展示場のモデルハウスみたいに行儀いい。すきがなくさっぱりしたたたずまいで、広い敷地に立ち並んでいる。しめった土のにおいが、雨をつたって鼻先にとどく。

「あんな銀箔《ぎんぱく》の和瓦《わがわら》はなかなかお目にかかれないよ、かっこばっかで品のないあんたんちの界隈《かいわい》じゃ。いぶし瓦は重いからね。屋根に見あうしっかりと風格のある家でなきゃ」

「あっちは乾式瓦。ありゃケチったね。つやがなくてカサカサで。年寄りの肌みたいじゃないか」

そういう星ばあの肌は、しわはあるもののつやめいてなめらかだ。ホームレスにしちゃこざっぱりしてるよなぁ。ひょっとしてタンス貯金をがっぽりためこんでたりして。そっと傘の下の横顔を盗み見る私になど、星ばあはおかまいなしだ。八百屋でくだものを品さだめするみたいに、目につく屋根をいちいち査定しながら、意気揚々と歩いていく。

手入れされた庭木が、濃いみどりの葉さきから、たえまなく透明なしずくをおとす。何もかもが濡《ぬ》れてけぶる景色をくぐりぬけ、私もつられてあちこちの屋根を見あげる。

「あれはスレート瓦。最近はこじゃれたつくりの家に、ああいうのがふえてきた」

見ると、確かに洋風の凝ったつくりの家だ。グレーのストライプ状の屋根の上を幾千もの雨つぶがぱたぱた流れていく。星ばあはこういうモダンなのより古風な瓦屋根がすきなんでしょ。そう言うと、け、ひとを年寄りあつかいしてからに、と星ばあは鼻をならす。

「居心地でいやあ金属屋根やスレートにかぎるんさ。瓦じゃゴッゴッしてるし、歩きにくくてたまらん。冬の寒い午後なんかに、銅や鉄のたいらな屋根に寝そべってごらんよ。そりゃあもう、せなかがぽかぽかしてきて、いいあんばいなんさ」

「ねっころがるの？　屋根に？」

星ばあのとっぴょうしもない話運びになれたとはいえ、ついついこうして引っかかってしまう。もっともらしく彼女はうなずいてみせた。

「ずっと飛んでばかりもいられんだろうよ。いくらあたしが若く見えるったって年も年だしな。ひと休みさせてもらうのに、いい具合なんはほら、あのくらいの勾配《こうばい》の屋根さ」

「コウバイ？」

ほかの建物よりゆるやかな傾斜のその屋根は、さっき講義をうけたカラーベストという種類らしい。セメントと特殊な鉱物を原料にした屋根、なのだそうだ。

「授業で習わなかったのかい？　ガッコってとこは、役に立たねえことばかり教えるところだからねえ。見りゃわかるだろ。屋根にゃあ、いろんな傾きかげんがあるんだよ。それを一寸、三寸、五寸っていうふうに、勾配の度数でしめすわけさ」

寸なんていまどき使わないよ。なんでセンチじゃないの。私が肩をすくめると、

「使ってる世界もあるんだよ。あんたの知らないところで守られつづいてるもんもあるってことだ。知らないもんはないことだと決めつける、そんな狭い心を無知ってんだ」

憎まれ口をたたきながらも、星ばあは、屋根についてあれこれ教えてくれた。

屋根や瓦の素材にも、様々な種類があること。粘土や金属、天窓がわりに使われる透明なガラスの瓦――いつか自分の家をもつことがあるなら、と私は思ったそんな瓦の下で星を見あげ眠りたい。棟や軒と屋根の関係。濡れて光る屋根やしずくをおとす軒をどこかいとおしげに指さし、星ばあは語りつづける。

言われるまま私も屋根屋根に目を凝らす。そこかしこに、流星のように雨つぶがつたっている。今まで屋根の種類なんてこれっぽっちも意識したことないけど、こうして見るといろいろあるものだな。素直に感心してしまう。そして、そんなことを知っ

てる星ばあにも。

「あ、あそこの屋根。カラフルで可愛い」

思わず、数軒先の家を指さす。飾りフェンスのバルコニーがつきだしたこぢんまりした家。外壁の白に映えるような何色かの瓦で屋根を葺《ふ》いてある。えんじ、エメラルドグリーン、黒、茶。渋い色あいの瓦が交互にならぶさまは、幾何学模様のパズルみたいだ。

「いい目してるじゃんか。ありゃ陶器瓦よ。土にうわぐすりをかけて焼きあげてっから、なかなか持ちがいいのさ。まぁあたしの趣味からするとちょい地味めなのが惜しいがね」

私はくすくす笑った。星ばあのとんでもない趣味で屋根なんか作ったら、それこそ大騒ぎだ。高度何千メートルかの上空をとぶ飛行機からだって、目につくに違いない。

こうして、ひとさまの家をながめ、あれこれ文句をつけながら歩くうち、思いだす光景があった。三、四歳のころだから、まだママと再婚したばかりのパパが今の家を買ってすぐのときだろう。

パパは、気がむくと私を連れだし、朝や夕方の散歩に出かけた。こんな雨の日にも、私に黄色の小さな傘をさしだし、待ちきれないように玄関で手まねきした。

散歩といっても、公園や商店街に行くわけじゃない。ただ、近所の住宅地をあてもなくうろつくのだ。歩きながらパパは足をとめ、いろんな家先をのぞきこむ。そして、

「おい、つばめ。うちもツツジの花を玄関先に植えるか、あの家みたいに」とか、

「あの壁の色はなかなか品がいいなぁ。うちもそのうち塗り替えようかね」

なんて、幼い私に意見を求めるのだ。

なんのことはない。家を買ったばかりでうかれてたのだろう。パパは他人の家を見てはあらたな家づくりの構想に闘志をもやしていた。自分ひとりで他人の家をのぞきこんで、空き巣の下見かなんかにまちがわれないよう、娘をだしに使ったのかもしれない。

ふしぎなのは、散歩に連れそうママの姿を思いだせないこと。

夕飯のしたくに手が離せない時刻だったのかもしれない。それとも、と私は思った。それともパパも、ほんのちょっとだけ息をぬく時間が必要だったのかな。ママとさしむかいで過ごす、密度の濃い幸せな食卓からぬけだして。今の私の屋上の時間みたいに。

妻が出て行った反動かは知らないが、猛スピードで再婚し、勢いでマイホームまで買っちゃったパパは、ふと立ち止まったりしなかったんだろうか。

どれも似たりよったりのたてうり住宅をいくつもながめては歩きながら、パパはあのころ、何を考えていたんだろう。

水族館は屋根がドーム型になった二階建ての建物で、住宅地と海岸の境目あたりにあった。二階部分にクラゲの水槽が展示されているらしい。階段の手すりに「クラゲ水族館」と矢印のついた立て札がある。グロテスクな深海魚や蛍光色の熱帯魚をめずらしげにながめる私をおいて、星ばあはすたすた二階へあがっていく。私もあわてて追いかけた。

こんなに何十種類ものクラゲを一度に見たことはなかった。半透明のからだをふわふわと水槽のなかにただよわせるクラゲは、透明な花びらのようにも雲のかけらにも見える。

白くて流線型のや、ひらひら尾ひれのついたの。さまざまなかたちのクラゲや珊瑚《さんご》がつくりだす世界は、理科の時間に先生が見せてくれたバイオスフィアに似ている。

閉じられたガラスの球体の内側に水と植物が入れられ、オキアミのようなちっちゃなエビが水草のすきまを泳ぐ。小宇宙のなかでいとなまれる生物体系。おだやかに完結した世界では、ただよう命さえ、むとんちゃくに見えた。

水族館の白く大きなガラス窓につたう水滴。雨の膜におおわれた建物の内側で、永久機関のように泳ぎつづけるクラゲを見つめていると、ふしぎな心地がしてくる。自分も巨大なバイオスフィアのなかをさまようオキアミになったようだ。

ふと見ると、隣にいる星ばあもやけに神妙な顔つきで見入っていた。水槽のガラスに鼻先をくっつけるようにして、クラゲの動きを目で追っている。

フウセンクラゲと水槽に記された涙型のクラゲは、水におちていく透明な宝石。チョウクラゲは透ける羽で水に舞う蝶々《ちょうちょう》のようだ。どれもきらきら消えそうな光を発し、青白く照らされた水槽内をたよりなく上下する。

「……きれい」思わずつぶやくと、

「だろう」自分のものをほめられたかのように、星ばあは胸をはってうなずく。

「それにうまそうだ。ああ、クラゲの酢の物でも食いたいもんだねえ」

「星ばあの情緒と食欲はつながってるんだねえ」とあきれる私に、

「きれいなものは食っちまって、自分の身や骨にしたいもんだろうが。とくに、こんなはかないもんなら、なおさらだ」

星ばあは理路整然といった声で言い、かかっと笑う。

花柄のスカートのようにふくらんではしずしず下降するミズクラゲの動きを見てたら、ふいに思いつく。空を降りてくるパラシュートを発明したひとは、クラゲから発想を得たんじゃないかって。からだをかがめ、水槽をのぞきこむ。ガラスケースに、ふたつならんで映る私と星ばあの顔。そのうしろでクラゲがおどる。くにゃくにゃおどる。私は言った。

「このクラゲたちって、水のなかを泳いでるんじゃなくてなんだか空を飛んでるみたい」

「そうだな」星ばあはめずらしく私の意見にさからわず、おう揚にうなずくと言った。

「あたしみたいだって思うのさね」

「何が?」

だからこれよこれ。彼女は、つぼみをひらくようにふくらんでは呼吸するクラゲを顎《あご》でしゃくった。目を凝らしても内臓が見あたらない。見れば見るほどおかしな生きものだ。

「空のクラゲみたいに、ゆうらり生きてんのさ」

そう言う星ばあの顔が、一瞬ひどくさむざむしく見えた。あたりにみちた水のつめたさが映りこんだのだろうか。雨足が強まったのか、水族館の屋根をたたく雨音がする。

そのとき星ばあと私の間にわりこむように、三歳くらいの男の子が水槽をのぞきこんだ。

いつもの星ばあなら「じゃま」と容赦なく子どもを押しのけるところだ。星ばあは、豪語するのだ――子どもだからってわがままが通ると勘違いしてる甘えたくそがきに、あたしゃ世間をわからせる使命を負ってんのさ。あんたも覚悟おし。

ところが今は、しずかにからだをずらして場所をゆずったので、少しびっくりした。男の子は小さなてのひらをトカゲのように水槽にはりつけ、一心にクラゲを見つめている。真剣な、けれどどこんな生きものがいるのはどうも納得できないというけげんな表情だ。

長い間、クラゲのただよう場所にいた。屋上もそうだけど、星ばあといると、とんでもなく日常とかけ離れた場所に、ふいにまぎれこんでしまう。

ようやく出口にむかいながら、私はなごり惜しい、それでいてもう十分という気になった。遊園地や動物園の出口をくぐるときは、いつでもそうなように。

「いいなぁ。クラゲみたいに何も考えずにゆらゆら生きていけたら、気楽だろうなぁ」

「ばかめ」私のなにげない言葉に、先をいく星ばあが怒ったような声でぼそりとつぶやく。

「あてもなくさまよいつづけるってのは、優雅で気楽なだけじゃねえんだ」

私はなぜだかそのときは、わかったような気持ちになった。そっか。そうだね。すとんすとんと階段を下りながら、うなずく。散歩だって、帰る家があるから楽しいのだ。

すべての屋根をかき鳴らす雨音のせい。それともひらひら舞うクラゲにあたったのか。帰りのバスで、星ばあはいつになく淡々と語りかける口調で、自分のことを話しだし、私をおどろかせた。私がいなかったら、隣の座席に腰かけるおじさんにだって、話しかけたに違いない。そのくらいあたりまえの調子で、孫の話をはじめたのだった。

それはまるで胸のうちが、言葉が、水のなかにゆるゆるとけだすような自然さだった。

「さっきいただろう？　ちっせえ男の子が。マコトもあんなふうにきまじめな顔で、何時間も水槽の前でねばってたもんだよ」

「まこと？」

「あたしの孫さ。まあ水族館がやたらすきな子でね。いろんなとこに行ったもんさ。巨大な水槽にカツオがぐるぐる群れるのや、アシカのショーしかとりえのないとこ。海んなかの歩道を歩けるのもあったな。やっぱり男の子だねぇ。あの子が夢中になるのは、ばかでかいエイとか、顔のとがったカジキマグロみたいな、おおげさで迫力のある魚ばっかさ」

「へえ。星ばあも、ひとの子のおばあちゃんだったんだ」

私は言った。なんだかへんな日本語の言いまわしだな、と思いながら。

「マコトはね、本当に素直でいい子なのよ。あんたみたいにひねたとこがねえんだ」

星ばあに孫じまんをされるとは思わなかった私は、ひとこと多い彼女の言葉に「へぇ」と感心してみせた。話のつづきをしゃべらせてみたかったのだ。

「やさしいとこがある子でね、こぉんなばかでかい」と、細い両腕を広げてみせる。

「鮫《さめ》を見た日にゃ、ばあちゃんが海で鮫におっかけられても助けてあげられるよう泳ぎをうまくなるんだって言いだしてな。実際にスイミングスクールとやらに通いだしたのよ。うれしいじゃんか。あんな幼いうちから、ひとを思う行動力にあふれてるんざ。それまで病弱で熱ばかりだしてたのが、みるまに元気になっちまったし。鮫さまさまだわな」

愉快そうに笑ったあと、とうとつに彼女は私にむき直ってきいた。

「あんた、鮫の赤ちゃんて見たことある？」

首を横にふる。鮫の赤ちゃんて見たことある？」星ばあがほほえむ。見たことなかった。こんなやわらかな星ばあの笑み。前を見たまま話しだす小さな横顔を、私は見つめた。

星ばあの肩ごし、窓の外に街路樹の並ぶバス通りが見える。いつしか雨がやんでいる。夕暮れの薄い光に、葉のたっぷり繁ったけやきが濡《ぬ》れてつやめく。

「どこの水族館だったかね。鮫の赤んぼが生まれたところでさ。子どもたちにさわらせてくれるってんで、マコトもわくわくした顔で列に並んで順番を待っとった。鮫の赤ちゃんはまだ白くて小さくて、だがヒレも尾っぽも立派に鮫のかたちをしてんだよ。それがどうしたもんかね。今まで係員に抱かれておとなしくさわられてた子鮫が、マコトの前の子の番になったとこでいきなり暴れてさ。からだに似あわん大きな口から、どうもうな歯が並ぶのが見えたよ。あんなちっさいのに鋭い歯がびっしり生えてんだ。ほかの子たちはびびっちまって、もうさわりたがらなかった。マコトは違ったな。あぶないからやめるかいってきくと、平気だよって小さな手で何度も鮫の背中を撫《な》でるんだ。つるつるだよってさ。それ見てあたしゃ思ったねぇ。ああ、この子は勇敢なオトコになるってさ。わかるか？　ただ見るだけってのと、じかに手をのばすんじゃえらい違いがあんだよ」

ほこらしげに言う星ばあに、私はあいまいにうなずく。本当は、赤ちゃん鮫をさわるのが勇敢な証《あかし》なのかは、少し疑問だったけど。

一緒に住んでるの？　そうきこうとして、やめた。淡々と話しつづける星ばあの顔が、遠くにあるものを焦がれるように、しずかでおだやかだったから。星ばあは正真正銘のホームレスかもしれない。そうじゃなくても、誰かと暮らしているような気がしない。もしかしたら、鈴子のとこのおじいちゃんみたいに、家にいながら居場所がなくて、街をさまよってるんだろうか。図々しい星ばあなら、それはない気がするけれど。

かわりに、軽い調子できいてみた。マコトくんも空が飛べるの？

星ばあは目をむいて私を見つめたまま、しばらく黙った。それからうっとり言ったのだ。私は冗談のつもりだったのに、かなわないのが本当に切ないことだと言いたげに。

「そうだったらどんなにいいもんかね。あの子とふたり、手をつないでそこいら飛び歩いてさ。疲れたら屋根でひとやすみして星でもながめる。そうできたらどんなにいいかねえ」

星ばあと別れ、家に戻る途中で亨くんの姿が見えた。今までなら、あなたのことは気づいてませんよ、というふりで、早足で家のなかに駆けこむところだ。

けれど私は、亨くんが近づいてくるまで、門の前で足をとめて待っていた。これから出かけるの？　今日さ、水族館に行ってきたんだ。一、二、三と、話しかけるタイミングを胸を高鳴らせカウントダウンしていた。

でも口をあけると、とうとつな言葉が飛びだしてしまった。

「いずみちゃん、帰ってきた？」

私を見て笑顔になっていた亨くんの目に、哀しげな色が流れこむ。彼は首をふった。

「おふくろに電話があって、心配しないでって言ってきたらしいけどね。それっきり。どこで何してんだか。帰ってくるつもりもないみたいでさ。あれ、でもどうして……」

「あ、旅行バッグ持って歩いてるいずみちゃんに会ったから。それで、出て行くって」

口ごもる私をおだやかに見て、亨くんは冗談めかしたように言った。

「なんだか、つばめちゃんは今回の姉貴の件のキーパーソンみたいだなあ」

「キーパーソン？」

「だいじなとこ、だいじなとこで、ちゃんとツボおさえてるってこと」

どう答えていいかわからず、困り笑いになった。ツボも何も。私はなんにもしてあげられないのだ。いつだって、ただ見てるだけ。こうして間近に話すくらい距離は縮まっても、それは昔から変わらない。

手をのばせそうでのばせないとこに、亨くんはいつもいる。

「まあ、もうおとなだし、心配しても仕方ないんだけどさ。あれでぼんやりだからね、うちの姉貴。よくOLやってるなと思うほど」

片頬をゆるめ笑う亨くんは、おとなびて見えた。タイムマシンみたいに、私のなかで過去と現在の時間がいそがしく交差する。いずみちゃんにおやつをねだって甘えてた亨くん。熱帯魚におとなびたしぐさで餌《えさ》をやっていたいずみちゃんの白い指。刻々とすぎる時間の流れのなかで、私だけがゆらゆら、前へうしろへさまよってる気がした。

それ、と私は話題を変えるように亨くんの手もとを指した。先が丸いカーブを描いた小さな革のケース。なかには、なつかしい楽器が入ってるのだと知っていた。

「ああ、これから練習なんだ、まぁその後の飲み会がメインみたいなもんだけどね」

そう言い、じゃあ、と足を踏みだしたところで、彼は振り返った。

「そういえば来月、うちのサークルで店を貸しきって小さなコンサートをやるんだ。ブルーグラスなんて、つばめちゃんの年じゃ知ってる子もいないだろうけど」

「うん、クラスで知ってる子、誰もいなかった」と私は、苦笑いしてみせた。

亨くんのやっている音楽のことを知らせたくて、友だちにききまわってみたのだ。だれもが「なにそれ？　なんかじじくさそうな音楽」と笑うだけで興味をしめさなかった。

「ま、サークル以外のおれの友だちもそんなもんだけどね。バンドやってるっていうとへえって関心しめすのに、ブルーグラスだって言ったとたん、なんじゃそれ、みたいな」

「でも私、すきだよ。亨くんが弾く音」

力をこめすぎた声が出てしまい、内心あせった。でも、本当だ。

浅倉家の前を通りがかると、ときおりきこえてくる音。乾いた道をころがる草みたいなバンジョーの弦の響き。足をとめ、しばらく耳をかたむけると、平凡な住宅地に、行ったことのないアメリカの田舎町の空気が流れこんでくる気がした。ひなたのほこりのにおいがする土くさい空気。酒場の陽気な笑い声。私は見たことないものにばかり、あこがれる。

「そう言ってもらえると、うれしいなぁ」

亨くんは、嫌味のまるでまじらない声で言う。

「よかったらコンサート、遊びにくる？　あ、でも夜だからまずいかな」

「行く」即答してた。

亨くんはうれしそうな顔で「まだ先なんだけどさ、昨日ちょうどチケットが刷りあがったとこなんだ」とチノパンのうしろポケットからお財布をとりだした。わたされた二枚の紙片には、店名と「ブルーグラスのゆうべ　800円　ワンドリンク付き」の文字がシンプルに印刷されている。「ゆうべ」なんてつけるセンスがこの音楽の敗因かもなあ。ひそかにブルーグラスの未来を案じつつも、たいせつなもののようにそっと受けとる。

「あ、お金……今度でもいい？」

星ばあに水族館の入場料を払わされたおかげで、お財布はすっからかんなのだ。

「いい、いい。特別サービス。つばめちゃんには近頃お世話になってるからね」

手をふって今度こそ歩き去るうしろ姿と、手のなかに残されたチケットを交互に見やる。自然に頰がゆるむのがわかった。オセワなんてしてないよ、と思いつつ。

今日は、ふしぎな日だ。星ばあとクラゲを見て、亨くんとは昔みたいに言葉をかわし、おまけにコンサートにまで誘われた。雨が、私たちをひとつの透明な世界に閉ざしてしまったみたいだ。いのちを封じたまあるい水の球体のよう。実体のないことごとは、あたりまえに町中をつたい、私のもとに流れつく。

もしかして、世界は私が思ってるのより、ずっと小さいのかもしれないな――そんなことを思い、上をむいて息を吸いこむ。

雨上がりのよどんだ空がぽっかりわれて、雲がゆるゆる黄金色にそまっていくのが見えた。

5　おもたいしずく

次の月曜も雨だった。

けだるい午後の授業中、私はぼんやりと過ぎた土曜日のことを考えてた。教室の窓ガラスをたえまなくつたう水滴を目で追いながら。

数々の屋根の形や色、クラゲのゆれるさまをなるべく明確に思いえがこうとする。そうするうち、自分がどこか遠い果てから戻ってきたような気になった。バスで三十分走っただけなのに、異なる空気のただよう場所。それでいて、なつかしさにみちていた。

今いる教室や家じゃなく、水族館や雨の日の見知らぬ町の住宅街や屋上のほうが、自分が楽に息できる場所に思えてくる。それでなくとも梅雨どきの教室は息苦しいのだ。

おまけに、昼休みに持ちあがったささいな出来事が、私のけだるい気分に拍車をかけていた。

いつものように鈴子と奥野っちと机をつけて給食を食べ終わり、昨夜のテレビの話題に花をさかせてたときのこと。近くの机の島で談笑していたまゆこが席を立ち、「ねえねえ」と話しかけてきた。

まゆこは、私たちのグループと比較的親しい別のグループの子だ。ときおり親しげに声かけてくる。まゆこがきっかけで、彼女たち三人グループとかたまってしゃべりあうこともある。いわばグループ間の親善大使みたいな役割。親善たって、たあいない情報を交換しあうだけのことなんだけど。どのブランドのリップがいいとか、昨日どこそこで誰と誰が手をつないで歩いてるのを見たとか。そして、そういうたぐいのことが、クラスの女子間の友好を保つには意外なほど役に立つ。

まゆこは、私の耳元にささやきかけてきた。仕草だけで、得意のうわさ話だとわかる。

「きいた？　笹川くんのこと」

なじみのない英単語を耳にしたように、私は「あ？」と声をあげ、彼女を見た。

まゆこのつやめいたくちびるは、鈴子や奥野っちと同じ色。今、私たちの間で流行《はや》ってるブランドのグロスだ。私も買いなよ、とすすめられている。まゆこがこれみよがしに眉《まゆ》をよせて言う。

「学校にお酒持ちこんだのがバレて、大目玉くらったみたいよ」

「お酒え？」

私より一オクターブ高い声で、奥野っちと鈴子も輪唱してみせた。

「うん。なんかね、ウイスキーの小瓶を学校に持ちこんで、授業中にこっそり飲んでたのがバレたんだって。職員室に呼びだされて、親にも通告がいって。もしかして謹慎じゃないかって話。まずいよね、ゼッタイ内申書にひびくよねぇ、この時期」

「だよねえ」

私はあきれた顔で同意してみせたけど、心のなかでは力がぬけていた。

お酒だって。煙草を放課後に吸うのならまだしも、授業中にお酒。ばかみたいだ。なんでわざわざそんなことで自分を主張するかなあ。笹川くん、ラップの影響で反骨《はんこつ》精神《せいしん》が芽ばえちゃったんだろうか。

ぼんやり思いめぐらせていると、まゆこが物言いたげに、私をのぞきこむ。

「平気なの？　大石さん」

「私が？　平気って、なんで？」

「だって、付きあってたでしょ、あなたたち。笹川くんがそんなことするの、ほら、大石さんにフラれたショックをひきずってのことだとかって、言うひともいるし」

「そんなこと」

苦笑しながら、そのうわさを流してるのはアナタじゃないでしょね、と心のなかでつぶやく。そういえば、まゆこは前にも私と笹川くんのことを持ちだしたことがあったっけ、みんなの前で。ああそうかと私は気づいた。すきなのかもしれないな、笹川くんのこと。

同時に、さっき廊下で笹川くんと同じクラスの男子ふたりに、すれ違いざま、にらまれたことを思いだす。いつも笹川くんとつるんでるふたりだ。制服のズボンを腰ぎりぎりまでおとすせいで、廊下に裾《すそ》をひきずっていた。そういえば笹川くんの姿は見えなかったっけ。

「私には関係ないっしょ。付きあってたもなにも、もう大昔の話だし」

おちゃらけた口調で切り返す私の態度に、まゆこは不満げだ。もっと劇的なリアクションをしめしてほしいらしい。そうかなぁ大石さんそういうとこクールだけど笹川くんは違うんじゃないかな。けっこう繊細みたいだし。笹川くんのなかでは終わってないことなんじゃないのかなあ。このままだと、あのひとマズい方向いっちゃいそうだよね。

やわらかな、でもとがめるようなまなざしで私を見ながら、まゆこはむにゃむにゃ言いつのる。視線が高い位置にあるせいで、叱られてるみたいな気になる。どうしてこんなに偉そうにひとのことにかかわるんだろう、このひと。私にどうしてほしいっていうのかな。

彼女の言葉をさえぎるように、私はもう一度、言った。

「ほんと、関係ないからさ、今はもう。私にできること、なあんもないし」

ちょっときっぱりしすぎた声が出た。まずいなと思った。鈴子も奥野っちも無言だ。私の顔をちらちら見てるのがわかる。かわいそうに、気のいいふたりはこういうキンパクした雰囲気に弱いのだ。退屈ながらもなごやかだった昼休みのひとときが、いやんなるくらい気づまりなモードにスイッチ転換している。

「ふうん。まあそれはそうだよね。おせっかいなこと言って、なんかごめんね」

明らかにひるんだまゆこが、下手《したて》に出た声でしめくくる。納得いかない様子だ。それでも「ことは果たした」という態度で、小走りに自分のグループのもとへ戻っていった。思い切り短くしたスカートのうしろ姿を見送りながら、ふたりが同情したように私にささやく。

「すきだよね、まゆこ。こういうの」

「あの調子だと、笹川くんの謹慎処分も教室復帰も、わざわざつばめに報告にくるね」

私はすっかり疲れてしまい、情けなく笑って、ふたりに肩をすくめてみせた。

昼休みの教室は、にぎやかで不穏。教室は世界情勢のように、あちこちでいろんなことがボッパッする。降りつづく陰うつな雨は、ひたひたと私の心にも流れこんでくる。湿気で、夏服の制服も上履きもおもたく感じた。窓の外、カラスが濡《ぬ》れた羽をばさつかせて横切るのが見えた。できるなら、私も、今すぐにあの窓から飛び去ってしまいたい。

ここじゃないどこかへ。切に願ってる自分を、なんだか子どもじみてると思った。

力の入らない指でノートの端に落書きしてると、机の上に五角形に折られた白い紙

が飛んできた。ひらくと丸っこい字で、

「あんなことあったから昼休み、言いわすれちゃったよん。今日、Ｙでプリクラ。奥野っちのおうえんＯＫ？」

と書かれてある。斜めうしろをちらと振り返った。鈴子がくちびるだけで笑ってる。そうだ、今日は奥野っちがあこがれの先輩に告白することを決心した日だったっけ。生徒会副会長をつとめるその先輩はいかにも女子があこがれそうな正統派もて部に属するタイプだ。悪いけど、奥野っちの玉砕はほぼ確実。おちこむ（と予想される）彼女の景気づけに駅前のワイシティー、Ｙと私たちが呼ぶショッピングセンターで遊ぼうと鈴子は前から提案していたのだ。ギャル系服屋のワゴンセールを流して、化粧品売り場でテスター遊び。プリクラの狭いブースで押しあいへしあいポーズをつけて、しめはイタリアンジェラートの店。最近の気に入りはかぼちゃのアイスだ。

ふいに、星ばあに、あの店のいかにも素材凝縮！　という味のアイスを食べさせたいな、よろこぶかな、なんて考える。

「ごめん。今日、書道」と書いた紙を投げ返したら、また返事。

友情より筆をえらぶか　このウラギリモノ。

ぎくりとして振りむくと、鈴子が好意的な顔で笑ってる。

私は眉《まゆ》をさげ、ワルイという顔をしてみせる——こんなときの私は、とっても臆病《おくびょう》者だ。

こんな日はさすがにいないよな、と思いながら、書道教室を終えて、階段をのぼる。

今日、えらんだ文字は「勇」のひと文字。玉砕をこわがらずに飛びこむ奥野っちへの敬意をこめて。半紙の下側が、中途半端にあいてしまった。勇気と書こうとしたけどそれじゃ明快すぎる気がして、とちゅうでやめたせいだ。牛山先生は首をかしげ、

「こりゃあ、いさましさがどっかに流されちゃったような字だねえ」

と、ややこしいことをつぶやいている。

「雨だから」

と答えると、そうですか、と納得されてしまった。牛山先生は、ちっとも偉ぶらない。

扉を半開きにしたところで傘をさしてから、外に出る。コンクリートの屋上は濡れそぼり、濃いグレーのカーペットを敷いたみたいだ。思ったとおり、星ばあの姿はな

い。

わかっていたのに、四角いねずみ色の箱にとり残された気がした。ふたのない巨大な箱のなかで、傘の下から仰ぐ暗い空がのしかかってくる。心がみるみるうちに萎《な》えていくのがわかる。屋上になんか、あがってこなければよかった。はじめてそう思った。

そのとき、機械室の壁ぎわに、何かがおかれているのが目に入った。

近づいてみると、透明のビニール袋に入った陶器のようなものだった。水滴のころがるビニールをあけてみる。なかから出てきたのは、瓦《かわら》だった。

おぼえてる。私が気に入り、星ばあが教えてくれた「陶器瓦」のひとつだ。いぶかしい思いで、つやめいて光るエメラルド色の陶器のかたまりを手にとる。ずしりと持ち重りがするそれは、単独で見るとふしぎな形をしている。考えてみると、瓦をじかに手にしたことなんてないのだ。袋から、ひらりと紙片がおちた。

ちいさな紙切れに「ツバメへ」とカタカナ文字。裏を返しても、それしか書かれていなかった。もちろんこんなへんてこなことをするのは、星ばあしかいない。

瓦にこめられたメッセージなどわかるべくもない。それでも私はなぜか、その瓦を鞄《かばん》にそっとしまった。陶器の重みで、「勇」と書かれた半紙がくしゃりとつぶれた。

傘の上でとめどなくたてられる雨音を数えながら、重くなった鞄をかかえるようにして歩く。屋根のかけらを運んでいるような、きみょうな気分におちいりながら。

――こんな雨の夜。星ばあは、どんな屋根の下にいるんだろう。

いつものようにひと足おくれの夕食のテーブルにつくと、ママが待ちかねたようにお皿を運んでくれる。今夜のおかずは山いもの梅あえと、大根と油揚げの煮物。それにじゃがいもとひき肉のスパニッシュオムレツ。山いものねばねばが苦手な私は、上にのったもみ海苔《のり》だけ箸《はし》でつまんで口に入れる。ママは私がきらいなものを残しても何も言わない。ちらと私を見てから、思いだしたように、ソファにいるパパに声かけた。

「そういえば知ってた？　浅倉さんとこのいずみちゃん、かけおちしちゃったんだって」

「おいおい、つばめの前でそんな言葉……」

パパはあくまで私に純真な娘でいてほしいらしかった。ドラマのラブシーンだってひと一倍緊張して唾《つば》をのむのは、パパ。ようするに、ロマンティストなのだ。

「あら、かけおちなんて今どき小学生だって使うわよねぇ」と、ママは平気でパパの理想をうちのめす発言をする。

「ジョーシキ」

パパの教育のためにうなずいてから、私はオムレツを口に入れる。今夜のママはいつになく饒舌《じょうぜつ》だ。ママは自分の身の上でないかぎり、事件がボッパツするのがすきなのだ。

「それがね、相手の男のひとっていうのがどうも問題ありみたいなのよねぇ。仕事もなくてふらふらしてるような。奥さんが深いため息ついてたわ。いつもきれいにしてるひとなのに、ずいぶん老けこんじゃったみたいで気の毒なほど」

「そうなのか」と言うパパの声は心なしかがっかりしてる。浅倉家の女性陣の優雅で品のあるものごしに、あこがれとわずかな緊張をいだくのは、パパも私も同じだった。

「それにご主人はここ最近、持病の腎臓が悪くなって、病院に透析に通いだしたんですって。亨くんがいい大学に入ったと思ったらこれでしょう。ひとさまのお宅もいろいろあるわよねえ。それでね、私もなるべく奥さんの話し相手になってあげようと思うの。ひとに話すと少しは気がまぎれるんですって」

ボランティア精神を発揮しているママの声は同情にみちながら、わずかに昂揚《こうよう》してる。

「そうだな」パパがうなずくのと、

「かっこいい」と私が言うのが、同じタイミングだった。

「え?」二人が、同時に私を見る。

雨はいよいよ本降りになり、雨戸をうち鳴らすぱたぱたぱた、という音がする。喉《のど》もとに、昼間からたまりつづけてる重くて湿ったものがあふれだしてくる。自分の声が、いやにくっきり居間の蛍光灯のもとにさらされる気がした。

「いずみちゃんて、かっこいいなと思って」

「なんでそう思うんだい」

パパがあくまで落ち着いた声できく。

「だって、うちよりずっと大きいあんなすてきなおうちに住んで、やさしい家族がいて。それでもそういうのぱーっと捨てて、みっともないヒトんとこ行っちゃうんだから」

ミットモナイ。いずみちゃんが言った台詞《せりふ》を借用してみた。言いながら、実の母親のことがちらとよぎる。顔のないそのシルエットは、いずみちゃんのように赤い大きなバッグを手にして、背すじをまっすぐにして歩き去っていく。

意味もなく、私も家を出るなら真っ赤なかばんにしようと思った。もしもそんなときがきたなら、の話だけど。

「そういうの、かっこいいって言わないんじゃないかなぁ」

ママがおだやかな表情で、でも確固とした響きをこめた声で言う。

「いずみちゃんがどんなひとと恋におちようと、それはいずみちゃんの自由よ。でも軽はずみなやり方で、身近な人々を哀しませるのは絶対かっこいいことなんかじゃないでしょ」

軽はずみだって。ママは、そんなおせっきょくさい言葉、めったに使わないのに。けれどなぜかママの言葉は私ではなく、パパにむかって放たれている気がした。私たちの家族は、そんな軽はずみなものは受け入れないわよね――そう確認する口調。

「でもさ」

私も慎重に、軽くきこえるような声を出す。

「そういうときもあるんじゃないの。周りの人々を哀しませるってわかっててもそうしたくなること。何かがおきるの待ってるだけじゃなく、無理にでも行動しなくちゃ前にすすめないことって。私はそういうの、かっこいいって思っちゃう」

テーブルにかたい空気がたちこめる。ママの顔つきがすっと険しくなるのがわかった。パパの表情は見えない。私はすばやく山いもを口のなかに放り、噛《か》みくだく。しゃりしゃりとねばねばのまじった感覚が口いっぱいにひろがる。前に食べたときより、やなかんじじゃないのが意外だった。そういえば最後に山いもを食べたのいつだっけ。きらいだと思っていたのに、いつしかすきになってるもの。その逆。いつ、どんなタイミングで気づけばいいんだろう。誰も必要なことは、教えてくれない。

とつぜんお笑いタレントのヒステリックなはしゃぎ声が響いた。パパがテレビをつけたのだ。私が臆病《おくびよう》なのはパパの血をひいたに違いない。よどんだ空気にいたたまれないのだ。

「まぁ、ひとさまの家の問題にそう首つっこむこともないだろう。それに出て行ったとしても家族は家族だしな」

このひとテレビじゃこんなふうだけど、実生活じゃスキャンダルで大変よねぇ。ママがスイッチを切り換えたような好奇心にみちた声を出す。女優との不倫がばれて、レポーターに追われているタレントだ。ばかげたかつらをかぶり、すっとんきょうな声をあげている。

お皿を下げてから、早めに二階にあがった。あのままあそこにいたら、言わなくてもいいことまで言ってしまいそうだった。言ったら自分がさみしくなること。ママでもパパでもなく、自分に棘《とげ》をさすために。棘をさし、胸のなかにたまった毒をとき放つために。

机の前にすわり、鞄《かばん》から教科書を出そうとしたところで、瓦《かわら》を入れたままだったのを思いだす。なんでこんなもの持ち帰ってきたんだっけ。首をかしげながら、とりだした。

勉強机の上にごとりと置かれた重いかたまりは、とてつもない違和感がある。

両手でつつむようにさわると、ひんやりなめらかな感触が伝わってきた。

星ばあは知ってたんだろうか。私が今日星ばあと話したかったこと。会いたくて仕方なかったこと。けれど雨で来れないから、身がわりにこんなものを置いていったんだろうか。

ふしぎとすんなり思いえがけた。瓦を小脇にかかえ、メアリー・ポピンズみたいに傘をひろげて雨の屋上に降り立つ星ばあの姿。飛べるなんて、まるきり信じてなかったはずなのに。

いや今の私は信じたいんだ、そのときはじめて気づいた。よりかかってぶらさがり、目の前のろくでもないことごとを、遠くの空から一緒に見おろしてみたかった。

ありえっこない何かを信じ、たよりたい。星ばあなら、何に抵抗してるのかもわからない私のちっぽけないらだちなんて、せせら笑うだろう。あかるく安全な屋根の下にいて、その屋根をおもたく感じる私の甘っちょろさを、叱りとばしてみせるだろう。

さっきママにいらついたのは、自分のすかすかな中身を見すかされた気がしたから。

いずみちゃんがロクデモナイ男のもとに走り、おじさんは透析通いで、ペーパードライバーのおばさんは、病院に夫を送るため、慣れない運転に健気《けなげ》にいどんでる。平和なうちの家族よりも、なんだかずっと本物の家族っぽい気がした。ほんのちょっぴり、うらやましかった。亨くんの気持ちを考えたら、まちがってるにきまってるのに。

他人の不幸にボランティアの闘志をもやすママと一緒。うるんだ目でオチテイク彼をなんとかしてあげて、とうながす級友と一緒だ。すかすかな人間にできることなんて、何もないのに。

かびのようにむやむやと胸にひろがる思い。星ばあが、へっと鼻で笑ってくれたら。自分の望みがあまりにばかげてることに気づいた私は、瓦を本棚の目立たない場所に置いた。ベッドに横たわりながら、なんとなく本棚のほうは見ないようにした。

その夜、夢をみた。

雨は、夢のなかでも、世界中を水びたしにするときめこんだように降りつづいていた。

そのなかを私はクラゲにつかまり、さまよっている。さまよいながら、雨の合間にちらばる窓から窓をのぞいていく。水の糸で織られたスクリーンのむこうにのぞく窓あかり。

窓のなかでは、パパとママが笑いながらむきあい、和食だけの晩ごはんをつついている。哀しげなおばさんを陽気すぎるバンジョーの音色でなぐさめる亨くん。いずみちゃんは意地わるなトカゲ目の男と、ほおずきの鉢に仲むつまじく水をやっている。

私は、それらの風景をなんとはなしにながめながら、どこの窓にも立ち寄らない。

ふらりふらりとクラゲまかせに、ゆれてさまようだけだった。

そうするうち、海のような空に同じように浮いている星ばあと、出くわした。私は、今まで見た窓のなかのことなんかを話したかった。でも近寄れない。そのうち星ばあは、にたりと笑って手をふると、流されるように、どこかへと飛んで行ってしまった。

待ってよ、どこ行くの。つぶやきながら、小さくなるうしろ姿を目で追いかける。

雨は濃い水のスクリーンとなり、空一面を覆いつくす。

星ばあも窓も、やがて見えなくなった。

6　瓦の精と、糸電話

「ねえ、星ばあ。あれってさ、魔法の瓦かなにか？」

長雨のなごりで、まだうっすら湿り気をおびる屋上のコンクリート。私は星ばあにきいてみた。床においた鞄の上にお尻《しり》をのせ、アイスクリームを木のへらですくいながら。アイスは、モールのなかにあるイタリアンジェラートの店のじゃない。書道教室が終わってから、いったんおもてに出てコンビニで買ってきたカップのバニラだ。どうしてだろう、この季節に食べるアイスは、なつかしく舌にしみるみたいな淡い味がする。

星ばあは例によって、ふたの裏側についたアイスを前歯でこそげとりながら、じろりと上目づかいで私を見た。

「あん？　なんだ、その魔法の瓦ってのは」

星ばあの口から出ると、いくつもの言葉は本当に魔女の呪文みたいな響きをおびてくる。

「うん。だって星ばあ、いろんなことができるみたいじゃない？　よくはわかんないけど、ここってときに助けてくれるでしょう。亨くんの手紙もいずみちゃんのときだって。あの瓦も何かおまじないみたいな意味があるのかなぁと思ってさ。たとえば、瓦のなかに魂か何かがこもってて語りかけてくるとか。そういうのええっと、言霊《ことだま》とかいうんだっけ」

ききかじった言葉を使いみちがわからないまま口にしてみた。本棚の片すみに置いた瓦をながめながら重い気分で眠りについた晩。追われるようにみた、きみょうな夢を思いだしていた。

星ばあは、なんじゃそりゃとけらけら笑ったあと、あきれたように私を見た。

「おまえさあ、いったいいくつだ」

「十四だけど」

「はあ?」てのひらでぺちんと額をたたき、これみよがしにため息なんかついてる。

その年で言霊とかまじないとか、あんたはどうしてそう頭んなかがばばくさいかねえ。大体、言霊っつうのは言葉に宿るもんだろうが。瓦《かわら》は瓦、それ以上のなにもんでもねえさ。言葉は言葉、ものはものってやつだ、そんなもんにだまされるやつほど現実にもろいのさ。まったくおつむが単純だよ。そう首をふり笑う。

「ものにだまされるって？」

だますのは星ばあの得意わざじゃないかと思いつつ、身構えてきいた。

「多くの意味を勝手に期待しなさんなってこと」と星ばあは突き放すような口ぶりで言う。

「あの瓦だって、ただの陶器にきまってんだろ。あんたがきれいだっていうから、親切心だして、目についた屋根からちょいといただいてきてやったんさ。部屋んなかに瓦を飾るってのも、なかなか洒落《しゃれ》たインテリアだろうが」

「部屋に瓦を置いて、よろこぶひとなんかいるかなぁ」

私はうたがわしげな声を出す。

「へっ、そういう意外性を受け入れるセンスが、今のあんたにゃ欠けてるってことさ。まさかアレをこすると、瓦の精がご主人様〜とかあらわれるとでも思ったんじゃなかろうね」

「……ちょっと期待した」

 星ばあが、かかっと愉快げに笑う。よしよし、おまえもあたしのノリについてこれるようになったじゃんか。私は話を冗談で終わらせたくなくて、くいさがるように言った。

「でもさ、見たことないけど、星ばあは空を飛べるんでしょ」

「まあそりゃそうだ。あんたなんかにゃもったいなくて見せられないがね」

「……だったらさ、そんなワザは普通のひとにはできないし、きっともっとほかにもいろんなことができるだろうって期待しちゃうもんじゃない」

言いながら、でたらめな理屈だなあと、我ながら思った。

「飛ぶのは普通のやつにゃできんって誰がきめた」

「え?」

ききかえすやいなや、星ばあはすくっと立ち上がる。

「ほら」腰かけていたキックボードを足で蹴《け》り、私のほうに押しだす。

「あんただって、ずっと自分が飛べるって信じてたんだろうが」

「どうしてしってんの?　そんなこと」私はびっくりしてきいた。

星ばあを増長させると思い、自分が小さなころ空を飛べると信じてたことは言わずにいたのだ。星ばあなら、じゃあ一緒に試すかなんて言いだしかねない。命知らずのおかしな老人と屋上にぶらさがり、消防署のハシゴ車のお世話になるなんてごめんだった。

そう、頭のなかでは星ばあが飛ぶことを認めようとしても、現実の私は否定しているのだった。

「勘さ。だからあんたはあたしを見つけた——そういうこった」

意味不明の台詞《せりふ》に私は眉根《まゆね》をよせた。なんのこと。きき返す私を無視して、こいでみな、と指図する。どうしてこのひと、いつでも偉そうなんだか。心で文句をつぶやきながら、キックボードに足を乗せてみる。最初に出会った晩、強引に乗らされて以来、そういえばはじめてのことだ。手すりに衝突しないようスピードをひかえながら、こぎだす。

夏を間近にひかえた夜は、青く澄んであたたかい。頬にぶつかる風が心地よかった。

そう広くない屋上は、それでも端から端まで走りぬけると、けっこう疾走感がある。夜のなかを走るというより、つきぬけるかんじ。飛ぶのってこういう感覚に近いのかな。

濃紺の空を、天に穴をあけたようにくっきり輝く星がいろどっている。反対側に行き着いて手すりの壁に手をつける。てのひらに、ざらざらしたコンクリートの感触がうつった。

「気持ちいいね、これ」

もう一度、屋上の反対側から、星ばあのところまですべりついた私は、息を深く吸って言った。屋上の真ん中、小さな木のように屹立《きつりつ》して私を見ていた星ばあも笑う。

「だろう。飛んでるみたいだろうが。ひとにだまされるのは、ばからしくて腹もたつが、自分をだますことはいくらだってできんだ」

「それってさ、信じるってことかなぁ」

思わずつぶやくと、星ばあは片方の眉をあげて吐き捨てるように言う。

「へん。あたしゃ、そういう青くさい言葉、こっぱずかしくてようつかわんわい」

まったく偏屈なばあさんだ。あきれながらも、きいたことがないことを口にしてみる。

「でも星ばあは、どうしてこんなものに乗ってるわけ。飛べるくせに必要なの?」

ちょっと意地が悪かったかな、と思いつつ。でもことのほか素直な言葉が返ってきた。

「マコトがこいつに乗るのがすきでな。どんなもんかと思ってさ」

「じゃあ、いつかマコトくんと一緒に遊ぶために練習してたんだ」

「まあ、そんなとこだあな」と意味をふくませる声で言ったあと、つづけた。

「それに、そろそろあたしのからだもガタがきはじめてるからな、飛ぶのにちょっとした助けも必要になってくるんだよ」

この屋上が滑走路みたいなもん？　冗談でたずねると、

「よくわかってんじゃないか」感心した顔でうなずかれ、私は肩をそびやかす。

星ばあとの夜は、いつでもこんなふう。意味のあることもないことも、ふわふわと闇のしじまに浮いている。そして私はそんないっときが、けっこうすきになっているのだった。

それは、階段の小窓から、夜の景色を見わたすときの感覚に似てる。

どこかの家がとりこみ忘れた洗濯物も、レモンみたいに輝く月も、いかがわしい店の看板も。みんな一緒くたに夜のなか。そして自分もパノラマフィルムのネガに焼きつけられたような気がしながら、考えていた。

おだやかな闇をつたい、近くて遠い亨くんちの窓辺に立つことができたなら。

遠い昔に行ったきりのあの部屋で、彼は今ごろ何してるんだろう。

「おまえ実際に空を飛べたら、あのオトコの部屋でものぞきたいとか思ってんだろ」

言いあてられて、私は顔を赤くした。

「だれでも一度は考えるこった。まあ実際それやったら、新手のストーカーだわな」

軽く片付けられた私は、星ばあを思いきりにらんでみせた。

夜空に横たわるくっきり白い厚みをおびた雲。夏の影があちこちに散らばっているのがわかる。私たちは、交互にキックボードをうばいあい、夜気にうかれたようにはしゃいでは屋上を駆けぬけた。制服のシャツの下で汗ばむ肌に、ふいに吹く風がやさしい。

「本当はさ」心地よさにまぎれて、告白していた。

「本当は亨くんちの窓辺に行くより、もっとしてみたいことがあったんだ」

なんだ、言ってみろ。手すりに背中をはりつかせ休憩している星ばあのぶあいそうな声。

「……イトデンワ」

「はい？」

「だからさ、糸電話」照れてぶっきらぼうになりながら、私は話しだす。通りからかすかに立ちのぼる駅前の活気にまぎれるような、ひそやかな声で。

小学校の理科の授業で、糸電話を実際に作らされたのは、いつのことだったか。紙コップでつくったちゃちっぽい糸電話で、友だちとふざけてしゃべりあった放課後。帰り道にはすっかり飽きて捨ててしまったけど、それでもふいに思ったものだった。

――あの糸電話で亨くんと話せたら、どんなにすてきだろうって。

浅倉家とうちは三軒しか離れておらず、間にはこのあたりではめずらしい平屋づくりの日本家屋と、たいらな屋根の心もち低めの二階家がはさまれている。そのせいで、家の全景とまではいかないが、浅倉家の二階の一部は、うちの階段の小窓から見えるのだった。

屋根に反射する亨くんの部屋の窓あかりに目を凝らし、思っていた。

眠りにつく前におやすみが言えたらいいのに。今ごろバンジョーの練習をしているころだろうか。それともベッドに寝ころがり、すきな推理小説をめくっているかもしれない。

　窓と窓をつなぐ長い長い糸にのせ、今日いちにちあったことを報告できたら。きっとしあわせな眠りにつけるだろう。もちろん現実にそんなことが不可能なのは、子どもの私にも明白だった。つまりそれは、いつものあまやかな気持ちでみる夢のつづきなのだった。

「んぶぶ」

　不気味な声が間近にして、感傷にふけっていた私は我に返った。

　見ると、星ばあの肩が小刻みにふるえている。おかしさをこらえているらしかった。

「ぶはは。あんたってやつぁ、どこまであんぽんたんな少女なんだか」

　星ばあはふきだす笑いに身をよじらせながら、言った。

「竹久夢二《たけひさゆめじ》のかく乙女だって、そんな悠長なこと言わねえぞ。いまどきの子ならほら、携帯とかメールとか便利なもんがあるだろが。誕生日状といい糸電話といい、どこまでも時代がかったやつだなぁ。あたしみたいにナウっちくできないもんかね」

　そう言うと、スカートの裾《すそ》をつまみ、ひらりとまわってみせた。紫のグラデーションのついた長いスカート。ニットのロングベストの下は、アメリカ国旗のプリントされた安っぽいTシャツだ。遅れてきたグランジばばあといういでたちの老婆にばかにされ、私は心底むっとした。

「私、帰るよ。もう遅いし」

鞄《かばん》を手に、階段につづく扉をあける私のうしろで、まだ下品な笑い声がつづいてる。くそばばあ。心で毒づく。あんなばあさんなんかに話すんじゃなかった。すでに出会ってから何十回目かの後悔をしていると、「あんたはさあ」と笑いのすきまから声がした。

不機嫌な声で、「何よ」と振りむくと、

「いまどきのさめたがきのように見えるが、そういうのたいせつにしてんだあな」

「そういうのって」ぶぜんとした声でききなおす。

「だから、ひとがいつのまにかなくしちまうようなこと、後生だいじにしてるってこった」

「……べっつに」

ちっとも成長してないと言われたようで、どこかしらくやしかった。決然と言い捨て、扉をあける。勢いよく駆けおりるビルの階段はうす暗い。不規則に明滅する、切れかかった蛍光灯。そういえば、と気づく。いつでも先に帰るのは私のほうだった。どこかに帰る星ばあを見送ったことなんてない。星ばあだって、やさしく私を見送ったりはしないけど。

携帯にメールね。季節の活気がそこかしこにただよう夜の道を歩きながら、あのころの気持ちを思いだしてた。

——電話じゃだめなんだ。あのときの私は、ちっぽけな脳みそでそう考えたのだ。機械を通した声じゃなく。糸をふるわせ、夜空をくぐりぬけてとどく、すきなひとの声。夜の呼吸のような響きを、耳に流しこんでみたかった。

けれど、あの夜のことを思うほど、自分がいかに子どもだったか気づかされる。糸電話ひとつで、細い糸のさきの相手の心を手にとるように感じることができるなんて。何も知らないがきだから、そんなごうまんなこと信じられたんだ。

いつもより暑い夏のはじまり。

亨くんが、大けがをして入院した。

梅雨があけたころ、いずみちゃんが帰ってきた。けれど今回の私は、いずみちゃん「帰還」の目撃者にはなりそびれた。いなびかりの予感をふくんだ暗い雲がたちこめる夕暮れ。浅倉家の庭にひっそりたたずむいずみちゃんを目にしたのだった。

いずみちゃんは、咲きほこる薄ピンク色の葵《あおい》の花の前に立っていた。

いつから帰ってたの。フェンスの外側から声かけようとした私を、何かがおしとどめた。

彼女の瞳《ひとみ》は、大輪のちりめんの花びらも、朝顔の蔓《つる》についたつぼみも、映してないように見えたから。

何かを見つめるには疲れきっているという顔だった。からっぽの表情をしたいずみちゃんは、何もかもを否定してた。ううん、否定でさえない。ただ何もかもから「遠くに」いた。

そのときはっとした。いずみちゃんがながめていたと思った、咲きほこる葵の木。大ぶりの葉を繁らせる枝にかくれるようにして、鉢植えが目に入ったのだ。

ほおずきの鉢。ずっと庭にあったものだろうか。それとも――それとも、いずみちゃんが赤い旅行バッグと一緒に、持ち帰ったものかもしれない。

そして、哀しいのは、そのつやめいたあかるい実の輝きさえ、いずみちゃんのからだをすりぬけていくことだった。

私はそっと通りすぎ、いつもより重く感じる自分の家の扉をあけた。

いずみちゃんは幸せな気持ちで戻ってきたわけじゃないんだ。そのことは、「やっぱりね」と声をひそめ語る両親の言葉尻《じり》からも、憔悴《しょうすい》しきった顔で洗濯物をとりこむ浅倉のおばさんからも見てとれた。これ以上追いつめてはいけない娘にたいし、腫《は》れ物にさわるみたいに浅倉家のひとびとは暮らしているようだった。一日をむかえるのがきつそうな顔で。

いずみちゃんは、心をこわして帰ってきた。

けれど傷ついた羽を親鳥のもとで休めるには、いずみちゃんはおとなになりすぎていたのかもしれない。数日後にばったり出くわした私に、彼女は穴ぼこみたいな暗い目のまま会釈した。うんと年下の私にも近所のぼけたおじいちゃんにも機械的にかわす、そんな挨拶《あいさつ》。

いずみちゃんのぬぐっても消えない律儀さが、今はなんだか哀れだった。会社もやめてしまったらしく、それ以来ときどき見かけるようになった。通りを歩くいずみちゃんは、昔みたいに清楚《せいそ》なお嬢風な恰好《かっこう》も、最近見かけた〝エロかわいいっぽい〟服も着ていない。そこらへんにあるものを片っ端から身につけました、というふうにちぐはぐで投げやりだった。

ぼんやりした表情で商店街を彷徨《ほうこう》するいずみちゃんを見かけるたび、胸がすうすうした。

いずみちゃんをこわしてしまったのは、あの男に違いない。

――あんなやつ、死んじゃえばいいのに。

はじめて自分をおそった、だれかを強く憎む気持ち。そのあまりの激しさが私をたじろがせた。心にふりかかった毒がどこへ行くのか。自分の内側に生まれた暗い迷路を手さぐりで歩く私は、今度ばかりは、星ばあに泣きつくこともできなかった。

それでもいずみちゃんは、少しずつ元気になっていった。少しずつ挨拶をする目に光がともるようになったし、服装も髪型も少しずつきちんとしていった。

きっと家族の人々が、ちょっとずつスープを口に運ぶように、いずみちゃんの傷んだ心にやさしさを運んだのだろう。気になり、意味もなく浅倉家の前を日に何度も通りがかる私にも（なんという進歩！）、その変化は見てとれた。おかげで、私は休日に亨くんを訪ねる肘《ひじ》バッグの女子大生（いつも高そうなバッグを、肘を曲げて腕に通してるところからつけたひそかなニックネームだ）という、見なくていいものまで見てしまうはめになったけど。

それでもほっとしてた。思いだす。亨くんへの氷河期まっただなかにいるころでさえ、いずみちゃんとは言葉をかわせた。長い話はしなくても、いずみちゃんの全身からにじむ心やさしさ、そのあたたかな光に、目の前がふんわり照らされた。放たれる光が消えてはじめて、知ったんだ。あたりまえに近くにいるひとのささやかな重み。隣人の私でさえそうなのだ。この一件は、家族にはもっと大きな影をおとしただろう。

けれど雨降って地固まるってこのことだ。うんざりするほど平和に凪《な》いだうちの家族にもさざ波がたてばいい。結ばれているんだかいないのかわからない家族のきずなも、強まるかもしれない――そんなことを考える私は、なんてのんきで浅はかだったんだろう。

日ごと強まる夏の陽にいろどられたように、そのころの私の心は少しうきたっていた。亨くんから誘われたコンサートが翌週にせまっていたせいだ。何を着ていこう、中学生なんかに見られない服がいい。意味もなく張りきり、クローゼットの点検をくり返す。

そんな矢先、バイクで転倒した亨くんが、病院に運ばれたのだった。

その話をするときのママの声は、今度ばかりはしずんでいた。骨折だけならまだしも、大腿骨《だいたいこつ》の神経を傷めて二度と普通には歩けなくなるかもしれない。おばさんは泣き声で話してきたという。私の喉《のど》は凍りつき、目の前の食卓にきれいに並んだおかずがぐにゃりとゆがんで見えた。

これはあとからきいた話だけれど、それもまたあの男が原因だった。このところ回復の兆《きざ》しを見せていたいずみちゃんは、男とはもう別れたのだと、自分の口から伝えたそうだ。くわしいことは話さなかったけれど、こうして帰ってきて、いずみちゃんの大きな瞳にふたたび生気が戻りはじめた。それだけで十分のはずだった。

そんなとき、男から呼びだされたいずみちゃんはふたたび彼に会いに行った。

電話の様子でそのことを知った亨くんは、彼らの乗った車を追いかけようとして、高速道路にぬける大通りを曲がった際、わき見運転の車にまきこまれた。

――よかった。戻ってきたか。

病院で目ざめた亨くんの第一声。携帯で家から呼びだされ、そのまま病院に駆けつけたいずみちゃんを見て、にっこり笑って言ったそうだ。

男は、いずみちゃんの笑顔だけでなく、亨くんの右足までうばってしまった。

私はまだ病院には行ってない。行けていない。病院をたずねるには、私は単なるオトナリさんすぎる。なにより、どんな顔で亨くんに会っていいかわからなかったから。

いつでも背すじをのばし、はずむように歩く亨くんが足をひきずって歩きつづけるかもしれない。想像しただけで、恐ろしかった。それは、私がずっとずっと見つめつづけてきた完璧《かんぺき》な亨くん像じゃなかった。そうして、そんなことを考える自分の残酷さにぞっとした。

ばちかもしれない。亨くんちのように、たまには凪いだ光景がゆさぶられるのもいいな。そんなことを考えたばちは、どうして私にではなく、亨くんの身にふりかかるのか。

私はみっともない涙をこぼしながら、使いみちのなくなったコンサートのチケットをそっと、机のひきだしの奥にしまった。――ブルーグラスのゆうべ。やっぱださいよ。

ひきだしには先客があった。わたせなかったミッフィーのバースデーカード。

こうして私のひきだしのなかには、大きいばかりで役立たずな亨くんへの思いだけが、たまってく。本棚の片すみに、これもおもたいだけで意味のない瓦《かわら》がぼんやり光っていた。

どんなに見つめても指先でそっとこすっても、瓦の精なんてあらわれっこなかった。

7　甘栗、甘い水のお風呂

ひそかに自負してた。

これだけ長いこと、すきなひとのことを見つめてきたのだ。きっと私は、家族以外ではいちばん彼のことを知ってる人間に違いないって。それにこれは、あまりひとには言えないことだけれど。なんと！　一緒にお風呂《ふろ》に入ったことさえある仲なのだ。

あれは遠い夏の昼さがり。浅倉家の居間に、私とママはおじゃましていた。

クーラーが苦手なおばさんは、庭に面した窓をあけていたが、ごく弱い風しか入りこんでこない。ママとおばさんがゆるゆると他愛ないおしゃべりに興じる横で、私と享くんは外に遊びにも出ず、ぐだぐだしてた。水槽の熱帯魚さえうだりそうな暑い午後。

庭に影をおとす濃い緑の葉っぱ。アイスティーのグラスでとける氷のかすかな音。

外は蟬しぐれが鳴りしきるのに、空気はしんとしずまり動かない。舞うようなエンゼルフィッシュの動きを目で追いながら、私は幸せに退屈していた。鉄道雑誌をめくる亨くんの横顔。

そのとき、おばさんがのんびりとした口調で言ったのだ。

「あなたたち、そんなにぐったりしてるなら、水風呂でも入ってくるといいわ」

水風呂。わが家にそんな習慣はなかった。それは幼い私に新鮮すぎる響きをもつ提案だった。夏になると狭い庭でふくらませるビニールのプール。底にミニーとミッキーの描かれた浅いプールより、ひとの家でつかる水のお風呂のほうがずっとおとなっぽく魅力的に思えた。男の子とお風呂に入ることに気恥ずかしさを感じるには、私は幼すぎる年だった。

ステンレスの浴槽のなかの水が、なめらかなゼリーのようにゆれる。浴槽の縁に、私は粉っぽい味のするジュース、亨くんはラムネの瓶をのせていた。窓からさしこむ淡い陽射しが瓶にあたってちらちら踊るのが、きれいだった。亨くんちのお風呂は深くて、四角い。

亨くんとふたり、狭い水のなかに縮こまっているのは、きゅうくつだった。けれどどこか安心。亨くんが海水パンツをはいているのが、私にはふしぎだった。

「ねえ、どうして水着、着てるの？」

たずねる私に見せた、亨くんの困ったような神妙な顔。

今もあの夏の午後を思いだすと、胸のなかがざわざわする。思いきりくすぐられたあとのようなけだるさ。絶望的に恥ずかしく、それでいてまぶしいほど幸せ。

けれど今思えば、いくら一緒にお風呂に入ったところで、相手のハダカは見えても（そうだった！　亨くんに裸体を見られているのだ、この私は）、心がのぞけるわけじゃあない。

たとえば私は、亨くんの怒ったとこを見たことがない。泣いたとこもない。そして私は、自分にたまたまその機会がなかったのか、温和な亨くんが誰にもそんな部分を見せないのかさえ知らないのだ。

輝く記憶の結晶は、もしかしたら自分で勝手にきずきあげた幻かもしれない。その作業の無意味さに気づくとき、めまいがするほどの孤独がおしよせる。

私は情けないほど無力だ。現実の亨くんがむかいあう、彼の「現実」にたいして。

夏の晴天は、ゆたかに生えそろった病院の芝生の表面で、暴力的なほどたくましい。尻《しり》ごみする私を、こうして病院までひっぱってきたのは、星ばあだった。学校帰りに校門の近くで待ちぶせされたのだ。

星ばあは、顔がかくれるほど大きなサングラス――しかも、ばかばかしいほど派手な水色のマーブル模様のフレーム――をしてあらわれ、私はぎょっとした。電柱にもたれ、ガムをくちゃくちゃ嚙《か》んでるヒッピーもどきのばあさんは、思いきりあやしかった。亨くんのことで意気消沈していたのと、とっぴな恰好《かっこう》の星ばあと学校近くを並んで歩くのが恥ずかしいのとで、そのまま彼女の前を通りすぎようとした。案の定、彼女はあとをつけてくる。そのまま百メートルは歩いただろうか。

根負《こんま》けした私は、とうとう振りむくと言った。

「で、何なんでしょうか」

私の問いを無視して、星ばあは逆にきいてくる。

「あんた、私と歩いてるとこ友だちに見られんのが恥ずかしいのかい」

図星だったけど、そうとも言えず、別にぃ、ととぼけた。

「ひとの目ばかり気にして生きてきたんだろ。そのかくも短くちっぽけな人生をさ」

「……」

今はお説教なんてきく気分じゃなかった。星ばあは、そっぽをむいた私の横に並んで歩きだす。ビニールの赤いサンダルが、熱くやけた歩道の上でぺたぺた安っぽい音をたてる。

「安心しな。ほかのやつにゃ見えないからさ」

「なんで」と思わず横をむく。またもや私、星ばあの誘導尋問にひっかかったらしい。

「見たいやつにゃ見える、見たくないやつにゃ見えん。世の道理だろうが」

「道理もなにも。私だって、別に星ばあのこと見たいなんて思ってないよ」

「それともうひとつ」面倒くさげな私の言葉を無視して、星ばあは自信たっぷりにつづけた。

「類は友を呼ぶってこった。少なくとも一度は空を飛べると思った人間は、あたしを見つけられるってわけさ。ま、からっきし意気地のないあんたは、ちっさいころにみすみすそのチャンスを葬《ほうむ》っちまったわけだがね」

「はいはい。どうせ私は飛べませんよ」

「そうやってひらき直ってるうちは、なんも手には入れられれん。一生ショジョだな」

どうでもよくなった私は、白っぽい太陽の下を黙々と歩きつづけた。通りすぎる人々は、私たちを見て視線をゆらしたりしない。星ばあどころか、私のことだって目に入らないみたいだ。暑い昼さがり、自分の存在感もかげろうみたいに薄くなっていく気がする。

それなら、そのほうがいい。こんな思いもとけて消えちゃったほうがいい。

つっけんどんにやりあいながら歩くうち、いつしか星ばあにうながされ、亨くんの入院する病院の方角にむかっていた。駐車場のむこう、木々に囲まれた白い建物が見える。

「やっぱだめだよ、お見舞いなんて」私は首をふり、立ち止まる。

「だいたい私なんかが行ったら亨くんだって困っちゃうよ。そう親しいわけじゃないし」

「困るのは、あんただろうが」

星ばあはこともなげに言う。ほれた男のつらい姿見たくなくてびびってんだろうよ。

何も言い返せない。今だって、このやけに無機質な箱みたいな建物のどこかに亨くんが寝かせられていると思っただけで、こわいのだ。今すぐきびすを返し、逃げ帰りたい。

尻ごみする私に、星ばあは、適当なことをぺらぺらとしゃべった。

ばかだな、おまえ。弱ってる人間につけ入るのが、色恋のいちばんてっとり早いやり口なんだぞ。あたしがあなたの足になるわとか、うるんだ目で言ってみろ。いちころだな、ああいう育ちのいいぼんは。ここでまたせっかくのチャンスを逃す気かい。

やり手ばばあのごとく、星ばあは私の肩をほれほれとつつく。しつこい手を振りはらいながら、食い入るように目の前の光景を見つめた。陽射しに負けないようまぶたに力をこめて。空洞のような救急入り口や、碁盤目状に並ぶカーテンのかかった窓。植えこみのあざやかすぎる緑なんかを。

いつまでも慣れることない景色を前に立ちつくす私に、星ばあが焦《じ》れた声をあげる。何やってんだよう、どんくせえがきだなあ、とかなんとか。

やっとのことで、私は病院のほうに足を踏みだした。亨くんの痛みにつけこむ……のでなく、自分の弱っちい心をつねるために。亨くんちのごたごたを、隣の芝生のようにうらやんだ罰のため。いつもなら自分の心が逃げようとする方向に、むかわなきゃならないんだ。面倒くさいこと恥ずかしいことは要領よく避けてきた私の心は、どんな患者より抵抗力がない。こんなことでさえ、心臓がずきずき痛んでしまうのだから、情けない。

「あたしゃここで待っててやるから、ばりっときめてこい、ばりっと」

星ばあはちょうど木陰になった中庭のベンチを見つけると、さっさと寝そべり、言った。ぶらさげていた網の手さげ袋を枕にして、ごみ箱から拾ってきた新聞をひろげている。

「公園じゃないんだから。そんな恰好してたら他の患者さんに白い目で見られるよ」

芝生のむこう、ゆっくりと車椅子の患者を押す看護婦さんに目をやりながら、私は言った。気にしなさんな。星ばあは、なめた指で新聞をめくりながら、けろりと言う。

「あいつらにだってあたしなんぞは見えん。病にとらわれてる人間は、ひとのことなんて目に入りゃしないもんさ」

おら、ぐずぐずしなさんな。裸足《はだし》の足に蹴《け》とばされ、私は仕方なく病院の中庭を横切る。

空に吸いこまれそうなほど青々としたつつじの木。看護婦さんの帽子の白。点々とするベンチのミントグリーン。何もかもがまぶしすぎる。私は夏をはじめて見る子どもみたいに、目をしばたたかせた。太陽から逃れるようにして、息をつめて病棟にむかう。

受け付けで亨くんの病室をききだし、呼吸もとまるくらい緊張して訪ねたのに、亨くんは病室にいなかった。しばらく廊下で待ってみたけど、もどってこない。からのベッドの横に飾られたガーベラと読みかけの本。楽譜やノート、パズルまである。センスのいい流線形の目覚まし時計は、あの肘《ひじ》かけバッグの女子大生が持ってきたものだととっさに感じた。

病室の空気は清潔に整い、予想外にあかるかった。亨くんがきちんとみなに気づかわれ、この狭い部屋で過ごす気配が伝わってきて、少しだけほっとする。それから不安になり、落胆した。まだちゃんと歩けないはずなのに、どこにいっちゃったんだろう。

しばらく待っていた私は、あきらめることにした。肩すかしをくらった気分で、エレベーターの下りボタンを押す。もう二度と、自分にはこんな勇気は出ないと、知っていた。

ちん、と乾いた音がしてひらくドアの外側。病院のロビーのざわめきが待っていた。そこにも亨くんの姿はない。このまま見うしなってしまうんだな。わけもなくさとっていた。

どちらかが引っ越さないかぎり、近所にいる彼の姿はときおり見かけることだろう。それでも確かな予感があった。亨くんの存在も面影も、このまま私の知らない遠いところに行き、私は彼を見うしなう。それほど今、彼の体験してることは、大きいことのはずだから。

哀しいと同時に、それはほっとする感覚でもあった。私の心の奥のどこかが、とどかないものを見つめつづけることに疲れてるのだ。ひとを思う苦しい気持ちから解き放たれて、楽になりたい。そう、星ばあの言うとおり。意気地なしでけっこうだ。

売店を通りすぎようとしたとき、何気なく店内に目をやった。狭いけど、お菓子やお弁当、パジャマや健康器具まであるなかなか充実した売り場だ。棚の片すみにあるものを見つけた私は、思わずお財布をだしてそれを買うと、今おりてきたエレベーターホールへと急いだ。ふしぎだけど、私の内側に、はっきりとうかんだのだ。

きりりと晴れた空の下。屋上にぽつんといる亨くんのシルエット。確信をこめた指先で、屋上へのボタンを押す。エレベーターのなかにただよう消毒液のにおいがよそよそしい。

亨くんは、私が想像したのと寸分違わない映像で、コンクリートの真ん中にいた。

トオルクン。小さく呼びかける。

目もくらむほどの白い照り返しを浴び、車椅子に乗った彼が、ゆっくりと振りむいた。

そこは駅前の雑居ビルの屋上にくらべて、ずっと整えられていた。院長がさばけているのか看護婦さんの提案なのか。広々とした長方形の空間は、やたら陽気で親しみやすい場所に仕立てられていた。空にむかってひろげられた数脚のデッキチェアのストライプ。ばかでかい鉢にうちわ椰子《やし》が植えられている。高めのフェンスに沿って並んだプランターの草花は、種から育てたのか、花の名が書かれた札が立ててある。隅のほうに、子どもを遊ばせるための小さなプレイハウスまであり、プラスチックのおもちゃが置き去りにされている。

色のない病院の建物にまるで似つかわしくない、カラフルで雑然とした屋上に、私はあっけにとられた。そして、思った。亨くんがときおり病室をぬけだしてここで過ごすことができて、よかった。素直にそう感謝できるくらい、そこは愛すべき屋上だった。

「来てくれたんだ」

亨くんは、まぶしげに陽射《ひざ》しのすきまから私を見て微笑んだ。いつか話しかけたときみたいに、本当は少しびっくりしてるのに、相手にそれを伝えない顔で。仰々《ぎょうぎょう》しいギプスに固められた足と車椅子の細いタイヤにおかれた彼の手を見たとたん、涙がこみあげそうになる。強い力でこらえ、「うん、来てみた」と笑って、うなずいた。

そのまま笑顔は頬で凍りつき、私は黙りこんでしまう。思いきって来たものの、気のきいたお見舞いの台詞《せりふ》ひとつ見つけられない自分が、心底情けない。とってつけたように、

「ここ、変わった屋上だねぇ」とあたりを見まわす私に、亨くんは、

「だろう。これじゃまるでデパートの屋上だ」と笑い返したあと、ぽつりと言った。

「こうなってよかったのかもしれないって思うんだ」

思わず亨くんの顔を見る。突っ立ったままの私に気をつかって、そんな話を切りだそうとしてるのだろうか。彼は、淡々とした声とおだやかな表情のままつづけた。

「そうじゃなきゃ人殺しになるとこだった」

「人殺し⁉」

亨くんにまるで似あわないその響きに、こわばった声できき返す。

「うん。もしあのときバイクが追いついてたらって思うとね、俺、何してたかわかんないなと思ってさ。もしかしたら、ねえさんの相手の男を殺してたかもしんない。そのくらい強い気持ちで憎んでたんだな。でもそうなると姉貴は、恋人を殺されたうえに殺人犯の姉だもんなあ。さすがにまずいよね」

やわらかな声のままで、亨くんはそんなことを言う。きいてると、息が苦しくなってくる。はりめぐらされたフェンスはそこだけさすがに病院ぽくて、グリーンの網目のむこうに、箱庭みたいなちんまりした町が見える。

私と亨くんの住む町。毎日ずっとなんてことなく暮らし、平凡にやり過ごしてきた日常は、こうしてふいに牙《きば》をむけるんだな。一瞬ひえびえとしたものが心につきあげた。

「つばめちゃんはさ、ひとを憎く思ったことってある？」

どんな意味できかれたか察することができない。しばらく黙ったあとで、私は言った。見栄をはるようにしゃんとした声で、「あるよ」と。

亨くんの見守るような視線を感じながら、私はつづけた。ちゃんと校則守ってるのに、違反扱いされて注意されたときとか、友だちでもない子につまんないことで言いがかりつけられたときとか。話しながら、思いだす。笹川くんのことでつっかかってきたまゆこの物言いたげな顔。本当のこと言えば、憎いなんて全然思わなかったんだ。面倒くさいな、と感じただけ。

いずみちゃんの彼に、亨くんと同じような気持ちを一瞬でも抱いたことは、なぜだか言えなかった。そんなこと軽々しく、私が口にしちゃいけない気がした。

「そっか」と、亨くんは私のくだらない答えにも、真顔でうなずいてくれる。

「でもさ、命をけずってまで憎む価値のあるもんなんてそうないんだよね、世の中って」

なんてね、病院なんて場所にいると暇すぎて哲学者っぽくなっちまう。そう言って微笑む亨くんの顔。すごくさびしそうに見える。亨くんは哀しんでるんだな、と感じた。

足が動かなくなっちゃったことだけじゃない。ひとをそれほど憎んだことや、いずみちゃんが傷つくとわかっていてもう一度男に会いに行ったこと。そばにいるだけでひとを苦しませてしまう種類の人間がいること。

澄んだ陽射しのもとで、それらすべてにそそがれた亨くんの哀しみがきれいにうきあがり、私をうちのめす。

私は、話題をかえるように言った。

「あ、コンサート……残念だったね」

「仕方ないけどね。俺がぬけても、みんなはちゃんとやってるし」

「でもまたやるんでしょう。そうしたら、私、今度はぜったいに行くよ」

「うーんと、それはどうかなあ」

「え？」車椅子をフェンスの間近に器用に動かす亨くんを、私は見おろした。

自分より低い視線の位置に亨くんがいることに慣れなくて、なんだかどぎまぎする。

「ブルーグラスはね、スポーツみたいなもんなんだよね」

亨くんはいつかと同じことをふたたび口にした。私にその昔言ったことなど、忘れてるのだ。音楽っていうより運動なんだね。私が言うと、そうそう、とうなずく。

「いっけん楽器を弾く手のほうが重要に見えるけど、じっさいにたいせつなのはからだ全体なんだ。リズムもバランスもこの足じゃとれないからね。本気でやるにはキッいだろうな」

それってもう「見晴らしのいい場所」に立てないってこと？　心で小さくあげた悲鳴を私は口にできなかった。言ったらいけないことと思った。そんな哀しい言葉を発する彼に何もしてあげられないくせに、何も考えずここに飛びこんできただけ。彼に気をつかわせ、言いたくないかもしれないことまで言わせてる。私、何しにきたんだろう。

侵入者みたいだ。自分のことを、思った。いつかの夜、私だけの場所に飛びこんできた星ばあにたいして感じたように。このたおやかな屋上の気配を乱す侵入者は、私。

「まいったな」私の不器用な沈黙をやぶるように、亨くんがうっすら苦笑する。

「情けないよね、俺。つばめちゃん相手に、泣きごと言ってるもんなあ」

「そんなことないよ」

必死で首をふる。泣きださないことが、亨くんへの最低限の礼儀だと思った。でも確かに、こんな私にはじめて弱音をはく亨くんは、ちょっと情けない。腫《は》れぼったい顔に、毛先のはねた髪。よれたストライプのパジャマ。五歳も上なのに、いたいけだ。

そんな亨くんにひかれてた。どうしようもなく強い力で、ぐんぐんと引っ張られていく。

今まで勝手に頭のなかで形成してきた亨くん像と、目の前の彼がゆっくり重なりあっていく。数学で習ったベン図の輪のように重なった部分が、私のなかに消えない濃い影をおとす。

「でもまぁかんべんしてもらうってことで。しかももうひとつ理由はある。なにしろ実を言うと俺はふられたばかりなのです」なんだか自慢げな告白をするように、亨くんが笑う。

「え」とっさに、ベッドの横にあった銀色の目覚まし時計やセンスのいいノートがうかぶ。

「さっきまでガールフレンドがお見舞いにきてくれてたんだけどね。そのとき正直に話したんだ。きっと完璧《かんぺき》に治ると信じてやさしくしてくれる彼女にフェアじゃないと思ってさ。俺の足、悪くすれば一生車椅子、よくてもこの先ずっとひきずるようになるけど、それでもずっとそばにいてくれるかなぁって。おどしだよね、これって一種の」

「それで……」

「もちろん彼女はうなずいてくれたよ。やさしい子だからね」

やさしい子。私は胸のうちでくり返す。今までかすんだままだった「肘《ひじ》バッグの女子大生」の輪郭がいきなり線を結びはじめ、どきりとする。そんなこと、知りたくないのに。

「でも、見えちゃったんだ。ほんの一瞬、わずかの間だけど彼女の顔がたじろぐのが。それもそうだよね。大学生活もはじまったばかりで気楽な付きあいしてたのに、いきなりそんなこと押しつけられたらさ。天使かよほどの人格者でもないかぎりびびるよなぁ。わかってて言った俺もずるいけど。それでしばらく会わないでおこうってこっちから提案したんだ」

「じゃあふっちゃったのは、亨くんじゃないの?」

「いやこんな状況になってすねてるんだから、結果的にふられたのはこっちでしょ。でもどっちだって関係ないんだけどね。こういうのは、ええと、タイミングの問題だから」

切なげにカーブを描く目を見て、亨くんは彼女をすごくすきだったんだと気づいた。

こんな広い場所にいるのに、自分のまわりの空気が縮こまって感じる。ぎゅっと凝縮して、肌の上にまとわりついてくるみたい。

あのとき、亨くんと水のお風呂《ふろ》にはいってるときも、そうだったなと思う。濃く甘い水が、私と亨くんの間にたゆたっていた。

「なんだかんだ偉そうなこと言ってもさ、俺もまだそこいらのがきなんだよなあ、結局。足の一本や女の子のひとりやそこらで、しょうもないほどへこたれてる」

「大学生も、がき?」亨くんの笑顔につられ、私も精一杯の笑みをうかべてきく。

「がき、がき。コンパやバンドにあけくれるのんきなあまちゃん大学生より、校則やみっちり朝からの授業に耐えてる義務教育の中学生のほうが、よっぽどえらい」

「わかってくれてありがと」ふきだしながら、私は言った。

それでも、とおそるおそるつづけた。遠くでふいにオルゴールみたいな鐘の音がする。エレベーターがあき、母親に連れられた男の子が、おもちゃのほうへ駆けだした。

「亨くんはいつだって私には、たよれる存在だったよ」

そうかな。弱々しく笑う亨くんに、うん、とくっきりうなずく。

「小学校のとき、新入生だった私の教室に亨くんが入ってきたでしょ? 給食当番で」

とうとつに切りだされ、亨くんは一瞬きょとんとしたあと、ああ、とうなずいた。

そんなことあったよね、上級生は一年生の給食当番をうけもたされてたもんな、うちの小学校。

「そう。でね、私、人見知りで内弁慶《うちべんけい》だったし、学校が苦手だったの。とくに給食の時間がプレッシャーだった。だから、亨くんがかっぽう着姿でうちの教室に入ってきたとき、救われた気がしたの。おもわず亨くん！　って叫んだら、笑って手をふってくれたんだよ、おぼえてないかもしれないけど。すんごくうれしかったんだ、あのとき。おまけに、くんづけで六年生を呼ぶ子なんていなかったから、友だちが尊敬の顔で私を見てた。それからね、ほんのちょっとだけ学校がすきになったの。なんか単純でしょ」

一気にそこまで言うと、私はとたんに恥ずかしくなった。

思いだす。マスクで顔が隠れていても、すぐに私には亨くんだとわかった。白い帽子からはみ出たさらさらの前髪。

「おぼえてるよ」亨くんはおっとりと目を細めて言った。

「おぼえてる。つばめちゃん、まだこんなちっちゃくてさ。トレイを持ってやたら神妙な顔で列にならんでた。ちゃんと新入生やっててさ、なんかけなげなかんじだったなあ」

ふいに言葉がとぎれ、私たちは並んでフェンスの外側をながめた。ここから雑居ビルの屋上も見えるかなと目で追ったけど、わからない。かたむきかけた陽がやわらかい。

私はあれからどれだけ成長したのかな、とふいに思う。この小さな町、亨くんの三軒隣の屋根の下で。ひとを殺したいほど憎んだことも入院したことも、切ない別れを経験したこともない。私のちっぽけな人生にたいする態度は、甘ったれで臆病《おくびょう》な新入生のまんまだ。

でも確かなこと。亨くんが万一あのまま死んでたら、私は相手の運転手やいずみちゃんの彼を思いきり憎んだだろう。

憎む価値がなくたって、自分がなくなるほど憎んだだろう。

「あ」と私は、自分の手もとのビニール袋に目をおとす。

「これ忘れてた」

お見舞い、と言って私は、むき甘栗《あまぐり》の袋を取りだして渡した。

ありがとう。彼はうれしそうな顔で受けとるなり、早速袋をあけて中身を口に放りこんだ。

「う、うまい」おどけて心臓をおさえている。栗のほのかに甘い香りが、かわいた陽射しのなかにとけていく。

「はい」

そう言うと、亨くんは濡《ぬ》れたようにつやめく栗のひとつぶをつまんで、差しだした。こちらに差しむけられた亨くんの腕。ピックをもつときのように形よく丸められた指。

かすかに灼《や》けた健やかな色の手にむかってからだをかたむけ、顔を近づける。口のなかにひろがる香ばしい栗の味。そのまま亨くんの腕が頭のうしろにのびて私をひきよせた。

私の全身は車椅子の亨くんの上で大きくかしぐ。彼の胸のなかで全身の力がしゅわしゅわぬけていく。肩に、背中に、伝わる亨くんのてのひらの温度。夏の陽射しより熱い。

「来てくれて、ありがとう。こんな弱虫のところに」

首のうしろのほうで、しずかなしずかな、声がした。

病室の前で別れ、白いドアの向こうに吸いこまれる亨くんを見送った。すっかり慣れた手つきで車椅子をあやつる亨くんの腕の動きが切なくて、目をそらす。エレベーターを降りてもまだ、ひざががくがくしていた。

黄色みを帯びた光に葉先が透ける芝の上を（芝生に立ち入り禁止、の立て札に途中で気づいたけど、気にしなかった）、力のぬけた足で横切る。樫《かし》の木の下のベンチに、星ばあを見つけた。ずいぶんと長い時間がたったような気がしたけど、同じ姿勢で寝そべったままだ。ベンチの下に脱ぎ捨てられた安っぽいビニールのサンダル。

「よう」近づく私の気配を感じ、星ばあは顔にかぶさった新聞をどけると、言った。

なつかしい、ひどくなつかしいしわまみれの顔。

ベンチにしゃがみこむと、私は星ばあに抱きついて泣きだした。こらえていたものがあふれたように、熱い液体が、内側から盛大にわきだす。びょうびょうと、それこそはぐれていた親にめぐりあった迷子のごとく大げさに泣いた。みっともなく泣いた。こんな泣き方、親の前でもしたことない。ぬれた鼻先をかすめるしょうのうの古めかしいにおい。

自分が何で泣いてるのか全然わからなかった。

「きたねえなあ。鼻水つけなさんなよ」

言いながらも、星ばあは私を押しのけたりしなかった。枯れ枝みたいに軽い指を、とんとんと私の背中でおどらせる。糸を紡《つむ》ぐみたいなリズムが心地いい。泣きやむタイミングを探しあぐね、私はいつまでも木陰のベンチで、しゃくりあげていた。

8　夏休み歩行計画

こんなにしずかな夏休みは、はじめて。

例年なら、わが家の夏は比較的アクティブだ。お盆休みにパパのお姉さんが住む青森の牧場を訪ねたり、見飽きたといいつつも富士五湖めぐりをしたり。近所の川に釣りに出かけもする。私が高校生になれば、そうそう親との旅行も気がむかなくなるだろう。そう懸念するパパが、やたら張りきって計画をたてるせいだ。魅惑的な申し出を、今年は私がことごとく断ってみせるせいで、パパは目に見えてしょげている。

「もう親ばなれか。ちょっと早すぎやしないか」とうらめしげにすねる父親を、「親子なんだから、離れるも何もないでしょ」と、やさしい娘の顔でなぐさめるのは私の役目。窓の外、ママが毎朝水をやるハーブの寄せ鉢の上に、水滴が千々にきらめいている。クーラーの効いた部屋からながめる強い陽射し。幻の光みたいに、現実感がない。

私の心のなかもこのところぼんやり凪《な》いだまま。流れのとまった湖面に似ている。

実をいえば私だって涼しい青森の田舎で馬たちの顔を見たい。大さわぎしながら川原で焼く鱒《ます》の味にも未練はある。なにより予定のない夏休みなんて、お土産やのない山中湖みたいにあじけない。それなのに、今年の夏はこの小さく退屈な町を離れる気になれなかった。

亨くんのことを考えてた。亨くんが病院でじっとしずかな夏を過ごしているのに、私だけがはしゃいで家族旅行に出かけるのは、なんだか気がひける。

幼稚な思いこみにすぎないけれど、それは亨くんへの役立たずで伝わることのない意思表示だった。今だって、彼と私はオトナリさんのまま。ましてや、あんなことがあったあとに、さりげない顔で見舞うなんて芸当はできそうにない。

それでも、亨くんが何かに耐えている場所の近くで、私も過ごしたい気がしてた。何かを、探したい気がしてた。

そう。このところの私は、何か探し物をしている気分なのだ。いったい何を見つけたいのかさえわからない。なすすべもなく、心の深く暗い水底にじっと目を凝らしている。

そんな日々のなかで、星ばあのこともわずかに気にかかっていた。

このところの星ばあもなんだか元気がない。傍若無人《ぼうじゃくぶじん》なふるまいもなりをひそめ（私をおとりにして、何本のアイスを彼女は盗んだことか！）、何かに気をとられたようにぼんやりすることも多い。年にはやっぱり暑さがこたえるのかな。そう気づかうそばで、スカートを大胆にめくって風を入れたりしてるから、まあ大した心配はしていないけれど。下品な仕草と毒舌だけは、何があっても健在のひとなのだ。

今年の夏は、いつになく暑い。照りつける太陽に時間のゴムがゆるんだような日常の、ゆいいつのメリハリは書道教室ぐらいだ。牛山先生も同じように夏休みの予定などないらしい。いつもより生徒の数がまばらになっても気にとめることなく、のんきに授業をつづけてくれるのがありがたかった。先週からは、月、木の書にくわえ水墨画も習いはじめた。

授業が終わったある日、牛山先生に呼びとめられたのだ。

「これ、なかなかいいと思いませんか？」

中学生の私にもおじいちゃん生徒にも先生はわけへだてなく、丁寧な口調で語りかける。おっとりした仕草で、牛山先生が私の前にひらいてみせたのは、水墨画集だった。

ページがめくられるたび、目が紙の上にひきつけられた。墨の濃淡と朱だけであらわされた世界は、繊細なのにおどろくほど大胆だ。とぼけた表情で枝をつたう猿や、可憐《かれん》な花と雀。何もかもがいきいきと多彩に描かれてる。紙をにじませひろがる輪郭のみずみずしさ。言葉もなく見つめる私の横で、牛山先生が、うれしそうに言った。

「これね、五歳の少女が描いたものなんですよ。中国で、天才画家と呼ばれてる子です」

「ええっ？　五歳？　この絵が？　骨格だってすごくしっかりしてるのに」

おどろきだった。絵にとけこむような自由な筆運びで、ときおり言葉も綴《つづ》られている。複雑なかたちの漢字は、文字というきまりごとをこえて、おおらかで視覚的だ。一個一個の書体は優雅なのに、どこかユーモラスで力強いのもいい。

「小さな子が描いたとは、とても思えない」私はかすかな嫉妬《しっと》のため息をついた。

「いわゆる神童ですね」牛山先生もうらやましげな声で言う。僕なんか、さかさになっても出てこない才能だ。それから、ちょっと悪戯《いたずら》っぽい顔で先生は私をのぞきこんだ。

「どうです。大石さんも水墨画、はじめてみませんか」

「ええっ」

思わずひるんだ声を返す。自慢じゃないが、絵はまるきりへたくそなのだ。美術の成績も今一歩の私が、いきなりむずかしそうな墨絵に手をそめるなんて大胆すぎる。

でも、なんだかやってみたい気がしていた。この絵みたいに自由にのびのびと、自然にあるものの陰影をとらえてみたい。やわらかに、筆でなぞりたい。うまく筆が紙をすべってくれたら、どんなにか気持ちいいだろう。

ゆれる私の心をくすぐるように、牛山先生が誠実な声でもうひと押しした。

「僕もこっち方面はほとんど素人だけど、一緒にやってみませんか。やりたいひとだけに声かけて。出来はともかく、楽しく取り組んでいくのが習い事の基本ですから」

結局、他の生徒さんを広告でつのることもなく、教室の有志だけでひっそりと水墨画教室ははじまった。牛山先生は、理想をかかげることもなく、いつのまにかやりたいことをさらりと実現させてしまうたちらしい。生徒は最初、私と近所のご隠居のおばあちゃん、サラリーマンの谷本さんだけだったけど、次の週にはＯＬのひとがふたりふえていた。なんだか人気のないクラブ活動みたいだ。気のおけない親しげな空気がただよっている。

教室が終わるといつものように屋上にあがり、描いたばかりの絵を取りだしてみせた。星ばあは、小首をかしげて生乾きの半紙をながめながら、言った。

「ふん。なかなか可愛げのある牛じゃないかね、こりゃ」

「ねずみだけどね」と弱々しい声で訂正する。やる気と結果は、いつだって正比例しないもんなのだ。

「まあ、そう気にしなさんな。とりえがないっつうのも、とりえのひとつだからな」

いまいましい台詞《せりふ》にも今ではすっかり慣れっこの私は、声に力をこめて言う。

「でもそのうち、うまくなるからさ。もっともっと上手になりたいんだ、私」

そのとき私は、夜になっても蒸し暑さがぬけない屋上で、息をつめるように願っていた。

いつかかならずうまくなりたい。墨と水と紙の魔法を借りて、自分だけの世界を形作ってみたい。ちょっぴりあせってるのかもしれない。私なりのとびきりを早く見つけたくて。

それに、と思う。こんな私にだって何かできるなら、亨くんもブルーグラスをあきらめないかもしれない。子どもじみた熱っぽさで、見えない力に賭《か》けていた。祈りのような力。

「ほう、やたらと張りきってんじゃねえか。恋のチカラってやつは偉大だねえ」

からかうように言い捨て、星ばあはキックボードをすべらせる。風のない夜。とまった空気が星ばあの周囲でゆるゆる動く気配が、気持ちよさそうだった。私は感心して言った。

「すっかりうまくなったね、それ。星ばあはさ、新しいことに挑んでものにしたんだね」

「まあな」

肩をすくめる顔は、いつもみたいに得意げじゃない。ちりめんのようにしわの散らばる顔は、靄《もや》がかかってくすんでいる。瞳《ひとみ》に投げやりな影をおとし、星ばあは言った。

「予定じゃもっとかかる気がしたんだがな。まあ何をやってもあんたと違い、才能をかくせないあたしのことだからな。うまくなりすぎちまった」

「なに、それ」

私はふきだした。出会った夜を思いだす。こわごわとボードの上で均衡をとっていた星ばあのしかつめ顔。

「うまくなるために練習してきたんじゃないの？」

「うまくなったら次にいかなきゃ気がすまないもんだろ。同じとこにずっといるってのはなんでも苦しいもんだ」

今夜の星ばあは、みょうに歯切れが悪い。ふいに気づいた。このひとは私の何倍も年を重ねてるんだ。いくら元気に見えても、人生の疲れは澱《おり》になってたまっていくものなのかもしれない。

そのときとうとつにひらめいた私は、「わかった」と、声をあげた。

「ええっと、マコトくんだっけ。星ばあ、会いに行ってそのボードで一緒に遊びたいんでしょ。だったら、会いに行けばいいよ。おばあちゃんが来てくれたら、きっと喜ぶよ」

「……どこにいるんだかわかんねえ。いや、大体はわかってんだがな。さだかでない」

もうお、じれったい、と私は声をあげた。

「星ばあはいつもいつも私のこと、どんくさいだのいらいらするだの非難してるじゃん。会いたいなら会え、気持ち伝えろって。それって、自分のこと棚にあげてない？」

「おまえみたいな、あまあまの嬢ちゃんに言われる筋あいはねえさ」

さっきまで弱々しかった星ばあは、ぎろりと私をにらんだあと、横をむいてしまった。

「そりゃ私は、あまちゃんで臆病《おくびょう》なただの中学生だけどさ」胸から言葉があふれでてくる。

「星ばあに無理やりせかされて、亨くんの病院に行ってよかったと思ってるよ。けがして、ふられて、年下の私なんかに泣き言いうあこがれのひとを見られてよかったと思ってる。彼の傷になんにもしてあげられないけど、そういう亨くんもいるってこと、私はこの目で見られたから。ちょっとでもその痛さをかんじられたから。亨くんのカノジョになんかきっとなれないけど、今までみたいに道で会っても、もうこそこそ逃げたりしないと思う。だって今の亨くんを見られるのは今だけだから。それだけでラッキーって思うことにしたんだ」

はりめぐらせた柵《さく》をとりはらう自分の姿が、胸の内側の膜にうっすら映った気がした。青春小僧みたいな私のスピーチを、星ばあはいつもみたいにせせら笑ったりしなかった。

「そうだな。時間つうのはかぎりがあるしな」

そげた頬を歪《ゆが》ませ、ぼそりと言う。

星ばあの背丈。この夏でなんだか縮んでしまったみたいに見える。私はといえば、ここにきて身長がずいぶん伸びていた。まるで枝つきのバランスが悪い木だ。手足だけがたよりなくひょろ長い。星ばあの生命力を栄養分にするみたいにして育っていく。生きることってなんだかかっこ悪いことばっかだな。そう思うと同時に、言葉がするりとでていた。

「私も行くよ」

「あん?」と、星ばあのけげんそうな顔。

「私が尻《しり》ごみしてるとき、一緒に病院についてきてくれたでしょ。だから私もお孫さんに会いに行く星ばあについてく。居場所がわからないんだったら、一緒に探したげるよ」

きょとんと私を見つめていた星ばあは、苦々しい顔をくしゃりとくずした。

「なんとも物好きなやつだなあ」

「ちょうど夏休みでひまだしさ。それに……友だちじゃん」

「なんだって?」星ばあが、すかさずきき返してくる。

二度は言いたくない。照れてそっぽをむいた先に、薄い墨を流したような空が三日月を透かしている。夏の夜の、蒸れて甘いにおいが、かすかに吹きだした風にまじる。

その夜きいた星ばあの話は、なんだかとりとめなく、要領をえなかった。マコトくんはもしかして幼くしてこの世を去ってしまったのかもしれない。おそるおそるたずねると、

「縁起でもねえこと言うんでない。あんな元気ですこやかな子はどこ探してもいないくらいだ」と、一喝《いっかつ》されてしまった。

けれど、何かしらの「事情」で今は会えないらしい。居場所もわからないという。もしかして私の母親のように、星ばあの娘さんも家族を捨ててしまったのかもしれない。けれどその疑問は言葉にしなかった。なんだか同病アイアワレムみたいでいやだった。

「でも星ばあだったら、簡単に見つけられるんじゃないの？」

いつもの口調で「まあな。あたしにできないことは何もねえ」と強がってほしくて、きいてみた。けれど星ばあの顔に見慣れた強い光はうかばない。

あんたにゃわからんかもしれねえが、と星ばあのしずかな声。月が隠れ、ふいに暗くなった空の下でつぶやいた。

「いちばんだいじなもんだからこそ、近づけないってこともあんだよ。近づいてうしなうくらいなら、いっそこのまま見守るだけでいいってな」

星ばあの言うことは痛いほどわかった。私が亨くんに抱いてきた気持ちそのままだから。でも私は柵をこわしてしまった。いつかすごく傷つくときがきてもかまわない、と思った。

「でも星ばあの場合は、家族なんでしょう。うしなうものなんてあるわけないよ。それに、最初に会ったとき、星ばあが言ったんだよ。時間をもっと気持ちよく使えって。前にむかって進んでくもんだって。孫との思い出にひたってるだけで何もしないなんて、星ばあらしくないよ。マコトくんと一緒に乗りまわすキックボードは、きっと気持ちいいと思うな」

「あんたにハッパかけられるとはねぇ。あたしもヤキがまわったもんだ」

いつだってごうまんで、全身から勝手気ままなエネルギーを発してる星ばあが、今は夜にとけて消えていきそうだった。何かが違う。しのびこむ気配に、私はかすかにおびえた。

「そうだな」何かを考えあぐねるように黙りこくっていた星ばあが、ようやく口をひらく。

「あんたは生っちろくて弱虫なだけの小娘かと思ったが、なかなか見どころもあるようだ。ちょいと手伝ってもらうとするかい。老いぼれひとりじゃ手間もかかるこったしな」

「手伝うって？　どうすればいいの？」せかしながら、胸がわくわくはずむのがわかった。

「きいとくが、口はかたいほうだろうね」

「友だちにはそう言われるよ。あまり自分のこと話してくれないって、ときどきやんわり責められるんだ。クラスの女子はうちあけ話するのがすきだから」

「気にすんな。おしゃべりな女にゃブスが多いんだ」星ばあはにっとした笑いをうかべる。

その顔はお菓子をねだるときのように物欲しげな様子で、私をすっかりうれしくさせた。


それからの夏休みの残りを、私はいそがしく過ごすことになった。星ばあの孫、マコトくん捜しに費やすためだった。

それは先の見えない、困難をきわめる仕事だった。なにしろ、星ばあの出したキーワードは、「えんじ色の陶器瓦《がわら》の屋根」だけなのだから。

「たったそれだけ?」と私は、不安げな声を出した。

星ばあが言うには、今は行方しれずになっている娘さんから送られてきた手紙に、写真が入っていた。そこにマコトくんと、彼らの家らしき「えんじ色の屋根」の家が写っていたという。住所はなかったが、消印からこの町に住んでいるらしい。もしかして、そのために星ばあはこの町にきたのだろうか。せめて写真を見たら、手がかりがつかめるかもしれない。たずねる私に、

「今は手もとにねえんだ」

と言ったきりそっぽをむいてしまうのだから、なんとも見通しはたよりない。

困惑する私をよそに、星ばあは淡々と捜索計画を語ってみせた。自分は「空から」（ここにきてもあくまで飛べると言い張るのだった）探すから、私は地上で「えんじの陶器瓦屋根」を探せという指令だった。晴れて見つかれば、愛する孫と再会、というわけだ。

家に帰ると早速、町内会で配布された家屋名いりの区域地図をひろげてみた。今日はここからここ、と通りをさだめ歩くことにした。

ぎらぎらした光のふりそそぐ炎天下を、黙々と歩く。きなりの綿の帽子の下で地図を確かめ、ペットボトルの水を喉《のど》にながしながら。

書道教室と、屋根探し。歩いている途中で画材屋を見つけ、習いはじめたばかりの水墨画の道具を選ぶのも楽しかった。長く住む町に、まだまだ見知らぬ場所があることにおどろいていた。親や友だちとの予定をやんわりことわり、自分できめて、自分で歩く。

はじめての奇妙な夏が、じりじりとすぎていった。

蟬しぐれと太陽とアスファルトにゆれるかげろう。しおれた昼顔の花。一心に屋根をみあげ、乾いた路上に足をすすめる。ここの金属瓦は家の雰囲気にあってないんじゃないの。ずいぶん勾配《こうばい》のきつい屋根だなあ。星ばあに教わったことを胸のうちでつぶやくぐらいで、ほかによけいなことは考えないで歩いた。ただ歩くために、歩いた。

もちろん、夕暮れなのに陽射しは荒々しく、サンダルをはく足の裏にまめができたときなんかは、弱気にもなる。もしかして私って、星ばあにまたしてもかつがれてるんじゃないかって。私を鍛えるため（もしくはただからかうため）に、こんな提案をしてるのではないか。

それでも歩くのは、やめなかった。そのうち額をつたう汗と一緒に、亨くんへのやりきれない感傷も、なぜこんなことしてるのかという疑問も、星ばあへの猜疑心《さいぎしん》も流れおちていく。自分をからっぽにして歩くのは、ふしぎな快感だった。

「うわあ、つばめ。よく灼《や》けてる。海かどこか行ってきたんだ？」

陽射しを吸いこみすぎて香ばしいどころか、こげついた色になってしまった私の肌を見て、鈴子と奥野っちが喚声をあげた。久々の登校日。いつのまにか、鈴子の耳にはピアスの穴があいている。うまく髪でかくしてるけど、かきあげたすきに小さな穴が見えたのだ。

「ううん、ただ歩いてるだけ。今年の夏はさ、ひとり歩け歩け運動を推進してるんだ」

「なに、それ。へんなのぉ」

二人がはなやいだ声で笑う。奥野っちの指にはシルバーの指輪。彼女は玉砕した先輩の友だちと付きあいだしたという。みんなそれぞれの新しい夏を過ごしているのだ。

「なんかさ、つばめって顔つきがかわったみたい」と奥野っちがオレンジのグロスを塗りながら言う。あ、あたしも思った、と鈴子まで同意したので、私は首をかしげてみせた。

「どういうふうに？」

「なんだか表情がくっきりしてるっていうかさ、いきいきしてる」

「えー、そうかなぁ。灼けて顔が黒くなったせいじゃないの、それって」

「ちがうちがう。いつもはつばめってアンニュイっていうかさ、ゆるやかぁなかんじじゃん。でも今はなんだかきりっとあたりを見つめてるっていうの？　目なんか女優目薬さしたみたいにきらきらしちゃってさ。さては恋でもしたか？」

「つばめ、そういうの言わないからねぇ」鈴子が非難がましくなく、おっとり笑う。

二人に言われ、おどろいていた。

今のことじゃなくて。今までの私をアンニュイとかそういうふうに見てたこと。私が何にたいしても抱いていた距離感は、ちゃんと伝わり、しずかに受け入れられてたんだ。

「なんもないない」と私はにっこり首をふる。ふたりのことをすきだな、と感じながら。

先生のつまらない教示（「受験はもうはじまってるんだぞ」例によって内申書と未来の話）をきき終えると、校門のところで私たちは別れた。じゃ新学期にねと笑顔をかわして。

今日はパフェもプリクラも誰もが言いださない。久々に着る夏服のブラウスの白。友だちの笑顔。何もかも、ちょっぴりよそよそしい。照れくさいなつかしさ。私たちはこうして、それぞれの夏に戻っていくのだ。

またすぐに再会できる友と、いとおしい気持ちで手をふりあった。

家に戻って暑苦しい制服をぬぎ、しるしをつけた町内図をひろげていると、パパがのぞきこんできた。日々の町歩きは、社会科のわが町研究の課題なのだとうそをついてある。

「ずいぶん熱心だなあ。そんなに真剣に夏休みの宿題やってる姿ははじめて見たぞ」

「自分の住んでるところを知るって、面白いことだよね。パパも一緒にやる？」

「いや、遠慮しとくよ。この暑さに外を歩くなんて、つばめの年だからできることだ」

笑いながら、パパはおずおずと口をひらいた。さっきから物言いたそうにしてたのだ。

「あのな。えっと、つばめはあれだ、いまになって兄弟ができるのはいやか？」

「え？」と地図から目をあげると、パパの照れくさそうな瞳《ひとみ》とぶつかった。

「ママにな、赤ちゃんができたみたいなんだ。今も病院に行ってる」

屋根探しと墨絵にあけくれる私の夏に、その言葉は新たなニュアンスをなげかけた。

そういえばこのところのママは心なしか具合が悪そうだったが、夏ばてかとばかり思っていた。物事っていうのは、いつだって思ってもないサイクルに突入するものなのだ。いきなり弟か妹ができると言われてもピンとこない。それでも不安そうに私を見つめるパパに、

「それって面白そうだね」

と、微笑んでみせた。

「そっか、面白いか」

パパは、ほっとしたような表情をうかべ、話しだした。それは私の知らない話だった。

9　ゆうらつな飛行少年

私に弟か妹ができる——正直な話、それは、「面白い」というほかない出来事だ。私がまだ小さかったら、もっと興奮しただろう。もう少し大人なら、「ふうん」とうなずいて終わったかもしれない。でも今の私には、家族の光景にちょっぴり面白い要素がくわわるという、それ以上でも以下でもないニュアンスなのだった。

パパは私の反応に物足りないような、それでいて安心した顔をみせた。

「ママは、この年で今さらってためらったけどね。パパが絶対ほしいってたのんだんだ」

そうだった。私の父親は、家族の生みだす目新しいイベントを心から愛してるのだ。

「それにな。もうとうに昔の話だからうちあけると、前にもあきらめたことがあったからね。今度こそは、と張り切ってるわけだ」

「え、そんな話知らないよ」意外な話の展開に、私は手もとの地図から顔をあげた。八月の夕方。夕立が近いのか、空がどんより暗い。庭木だけがななめの陽を受け、うすく輝く。彩度の強いこんな夕暮れは、何もかもの表面がビロードみたいな光をおびている。

「つばめがまだ小さいころの話だからなぁ。ママが妊娠したとわかったとき、パパは大喜びだったよ。ちょうど新しい家に越したばかりだったしな。もう一人ふえるなんてこんなうれしいことない。でもママは違った。今回はあきらめたいって頑として言いはったんだ」

「どうして？　ママ、近所の子だってかわいがるほどの子ども好きなのに」

「ママが言うには、子どもを作るのは後まわしにできるけど、今という時間を三人で過ごすのは今しかないってね。小さいつばめを連れて公園で遊んだり、あちこちに旅行したり。そんな日々ははじまったばかりだし、だからこそだいじにするべきだって言うんだ」

どうも納得がいかない気がして、私は黙ってしまった。三人でも四人でも、家族にはかわりないと思ったのだ。つまり、とパパが説明をくわえるように言う。

「今ここで家族に新メンバーがふえれば、チームワークがくずれると思ったんじゃないかな。ママはああ見えてもとが体育会系だし、へんなとこきまじめで融通《ゆうずう》きかないからな」

パパがうっすら笑う。チームワーク。家族の新メンバー。赤ん坊相手にそんな言葉を使うのが、パパらしかった。でも私はなんだか、素直に笑顔になれなかった。

「それってさ、ママが継母だってことと関係あるのかな。私に気をつかったとか」

ママハハ。声にしたことなかった言葉は、言ってみるとざらりとした苦さを舌に残した。

私のせい？　私の存在が、生まれてくるはずだった命の芽を葬らせたのだろうか。

「誤解しないでほしいな」

パパが場をとりなすように言う。私は外を見た。窓の外が、どんどん暗くかげっていく。

「継子のつばめがすねるだろうとか、そんなんじゃない。こっちの離婚のごたごたもようやくおさまったときだったしね。今、目の前にあるものがとびきりたいせつに思えたし、少しでもその形が変わるのがいやだったんだな。せっかく芽ばえた命を犠牲にするのは哀しい。でもそれだけ、宝物を守りたかったんだ。パパにもその気持ちは、痛いほどわかったよ」

でもな、とパパはつづけた。さびしげな、遠くのものを思いおこす目で。

「パパもちゃんとそのことを納得して、ママのしたいようにさせようときめた矢先だった。ママは何も言わず、ひとりで勝手に病院に行ってしまったんだ。おどろいたし、なにより哀しかったよ。自分を信じてもらえてなかったのかとね。そのあとしばらくは、ふたりの間がぎくしゃくしちまってね。今だから言えるが、スピード離婚の話も持ちあがったほどだ。せっかく買った家も売って違うところに移ろうかと、近所を見てまわった時期もある」

思いだす。パパとの散歩。朝つゆのすずやかさ。ゆうげの時刻に路地をつたうにおい。

あれは、パパたちが仲たがいをしてたころなのだろうか。あのとき、何もかもがうまくいかなかったら、私たちは近所の借家にでも移り住んでいたかもしれないのだ。

今度こそ、ふたりきりで。何も知らずに、大きな手をにぎって歩く幼い自分が頭をよぎる。

「今思えば、パパもママも少し気合が入りすぎてたんだろうな。相手だけでなく、理想の家庭ってもんに期待をこめすぎちまってたのかもしれない。なにしろ新婚さんだったしな」

「今だって、けっこう気合も根性も入ってるよ、パパとママ」

「そうか？　でもママのほうがずっとがんばってたのかもしれない。この結婚はどうせうまくいかないと、こっちが投げやりや弱気になっても、けっしてあきらめなかったからね」

「パパ、投げやりになったことなんてあるの？」

口をはさむと、パパはきまり悪げにうなずいた。私はパパのこんなところがすきだ。

「おまえの母さんに逃げられたときはひどかったな。おまえを実家にあずけ、同僚と飲み歩くわ仕事はおろそかにするわで、荒れ放題だったよ。ただでさえ安月給のサラリーマンなのに、情けないったらなかった。最低さそんな男に、ママはやさしくしてくれたんだ」

「傷ついたオトコはかっこよく見えるもんなのかな。安月給のサラリーマンでも」

言いながら、思いだす。屋上での弱々しい亨くんの横顔。胸がぎゅっとしぼむ気がした。

「それもあるかもしれないが、ママは変わり者だったのかもしれないな。それでなきゃ同情だけで、女房に捨てられたコブつき男のとこに来たいなんて言わないだろ」

私ってコブ？　たずねる私に、パパが苦笑する。可愛くてやっかいなコブだ。モト妻に出て行かれたパパは電撃再婚をすませ、家まで買った。でもそれは「やけになった」ところもあるんじゃないかって。パパは弱いところのあるひとだから。

「俺は運がいいな、と思ったよ。こんな男のところに、きれいで若い奥さんが来てくれて、子どもの世話までしてくれるというんだからね。多少のわがままや散財なんかの欠点はがまんしようと思ったくらいだ。実際には、ママはそのどちらでもなかったけどね。実を言えば、ママがパパのところに来てくれたのは、そのコブが理由でもある」

「え？　私？」

話の成り行きがのみこめない私に、パパはにんまりうなずいてみせた。

「そうさ。ママはおまえに一目ぼれしたんだとさ。こんな愛らしい娘と夫が一気に手に入るなんて、自分のほうがラッキーだと思ったそうだ。十ヶ月も重いおなかをかかえずにすむし、お産の面倒も何もかもすっとばし理想の家族ができるとね。で猛然とプロポーズされた」

「ママ……やるねえ」私は、感嘆だかなんだかわからないため息をついた。

「ママはわがままでも浪費家でもなかったが、ちょいとせっかちだったんだな。勇ましくもある。実は、おまえの母親――江里子が、おまえを連れて行きたいと言ってきたことがあったんだ。パパはもちろん断ったが、ママの勢いはもっとすさまじかった。私たちから娘をうばうなら、あなたの彼氏を誘惑したり、包丁もって展覧会にのりこんだりしますけどよろしいですか、と相手をおどしたんだからね。ちょうど江里子が書展をひらいたばかりなのを調べあげていたんだな。いやはや、自分の妻ながらたまげたなぁ、ありゃ」

おだやかなママのそんな剣幕は想像できなかった。生々しいはずのパパの話は、映画のすじがきか何かのように現実味がない。どうやら自分が、波乱万丈な家族劇を見のがしちゃったらしいということはわかった。パパのくつくつ愉快そうな思いだし笑いをながめていたら、なぜかするりと言葉が口をついた。

だいじにするよ、私はパパの目を見て言った。「私、生まれてくる妹か弟をたいせつにする。りっぱな家族のメンバーになれるように、不良化して学校中退なんかしないように、私が先輩としてちゃんとめんどうみるよ」

「たよりにしてるよ、おねえちゃん」

パパが大まじめな顔でうなずく肩ごしに、まばらな雨つぶが窓ガラスを叩《たた》く。雨足はたちまち強まる。

ベランダに響くそうぞうしい水音をききながら、なんだかな、と私は思った。完璧《かんぺき》に見えた私たち家族のタペストリー。最初はほころびだらけだったんだ。そしてすっかり共同作業に参加していたつもりの私は、まだまだひよっこだ。家族図を織るには役立たず。雨だれにおおわれた屋根の下、私は知る。知らずに守られてきた自分自身を。

雨はたちまちうそのようにあがった。サンダルをはいて、外に出る。むしょうに歩きたかった。今は、マコトくん捜しでもなんでもなく、ただただ歩くことを切望していた。

新しい小さな生きものが家族にくわわる——その光景を思いえがくうち、なんだか言いようのない気持ちがおしよせてくる。わずらわしいような、それでいてとびきり楽しいことが待ちうけてるみたいな。おさまりの悪い感触を胸に、たそがれ時の通りを歩く。

まわりに見慣れたものがなくなってくる住宅地をどんどん進んだ。赤っぽい色が目のはしに映った気がしてはっと顔をむけると、陶器瓦でなく金属屋根だったりした。えんじ色の屋根自体なかなかないもんなのだ。それに気づいたのは、歩きはじめた最初の日だ。

町はふしぎ。通りを曲がる先に何があるだろう。思いがけないものが見つかるかもしれない。気持ちだけが前に前に飛んで、知らない土地の果てまで歩けそうだった。

ふと見つけた子ども服店で、ウインドウをのぞきこむ。冗談のようにちっちゃな絹の靴をながめていたら、心に芽吹きはじめた何かに気づいた。くすぶったかたまりは、じわじわ胸を占めていく。ガラスのむこう、小花模様のベビー服を着た人形が笑ってる。

母親のことだ。意外だった。私を置いて家を出たひとが、また私をとり戻しにきたなんて。とり戻すなんて、目の前にいる人形に使う言葉みたい。でも私は、当時いくら幼かったとはいえ、人間なんだ。へんだけど。そのときのこともおぼえてないけど。

わかっている。娘に確かめることなく、母親を私の人生からシャットアウトしたのは、パパとママの愛情によるものだ。それでもなんだか彼らが、フェアじゃない気がしてしまう。

私に選ぶ余地があったら、どうなっていただろう。母親(とその愛人?)にひきとられ、今みたいにのんきに他人の孫探しをする環境になんて、いなかったかもしれないな。

あのひとは、母親は、どんな気持ちだったかな。私を恋しく思ったりしただろうか。でもそれ以降だって、会おうと思えばどんな手を使ってでも会えたはずだ。だから、きっとあきらめたんだろう。

――ひとからあきらめられるって、なんだかさびしい。

混ざりあう感情からのがれるように、店のドアを押す。てのひらにのるくらいちんまりした純白のくつしたを買い、外に出た。雨上がりの濡《ぬ》れた屋根が夕方の光にてらてらとまぶしい。

夏休みが終わるまでに、なんとかマコトくんが見つかるといいな。ふいに強く思った。

星ばあが、一度うしなってしまったものに出会えるといい。誰もじゃましないといい。

「それであんたは、母親に会わせなかった両親をうらんでるってわけかい」

星ばあは皮肉な響きを言葉にこめ、私をちらと見やった。

いったん家にもどってシャワーをあび、水墨画教室を終えたあと、屋上にあがってきたのだ。まだうっすらしめった髪に吹きぬける風がすがすがしい。私は、力をこめて言った。

「うらんでなんかないよ。ただフェアじゃない気がしただけ」

「なんなんだ、そのフェアってのは」

「だからえっと、公平じゃないってこと。リコ的なんだよ、うちのパパとママ」

言いなれない言葉を口にしたとたん、語感のつめたさにすうっと胸がひえる。いや、夕方からどこかひえびえした気持ちが、ぬぐい去れないままだったのだ。

「そんなこたあわかってるさ。だからなんで公平じゃないって思うんだ、おまえさんは」

「だってお母さんは私に会いたがってたわけでしょ。それって、私の問題じゃん。いくら私が小さかったからって、ひとことききいてくれてもよかったんじゃないかって思うよ」

「はん。生意気な口たたくんでない」星ばあは、私の思惑を鼻で笑った。

「年端もいかねえ子に何がわかるってんだ。そんなの、乳もらってた母親恋しさに、ついて行きたがるにきまってんだろが。そのあとまた捨てられんのがおちだ」

「そんなのわかんないよ。それでもさ、私は会うだけでも会いたかったと思うよ。結局はそれ以降何も言ってこなかったし、私のことなんかあきらめちゃったわけだけど」

うらみ節〜〜。星ばあがみょうな節をつけ、歌うようにせせら笑う。私はかっとした。

「だから、うらんでなんかないってば！」

その夜の私は虫のいどころが悪かった。どんなに熱心にやっても絵がうまくならないせいもある。星ばあの顔も明らかにげっそり疲れて見えた。

「じゃあなんでここきて、ぶつぶつ文句たれてんのかね。ひねんのもたいがいにしろ。だいたい物事を美化しすぎなんだよ、あんたは。家族はこう、ほれた相手はこうあってほしい、なんてな。勝手な理想を押しつけられる身にもなってみろ」

確かに私、何を望んでるんだろう。遠くに過ぎさった時間。とり戻しても仕方ないことを今さらどうしたいのだろう。

「それにあんたが何知ってるっていうんだい。おおかたやさしいお父上の言うことをうのみにしたんだろう。だがな、母親が自分に二度と会おうとしなかったか、なんでわかる」

私は口をぎゅっと閉じた。そういうこともあるかもしれない。遠ざかるほどに、想像のなかの母親は自由なきらめきを放ち、私に嫉妬《しっと》とあこがれをいだかせる。今いる家族に完璧《かんぺき》さを求めているのは私自身かもしれない。ほれみろ、勝ちほこったような星ばあの声。

「しょせんあんたは、がきってこと。何も知らねえであれ欲しいこれ欲しいばっか。そのくせ今あるもんなくしたくなくて、なんもしない。かー、いい子ぶりっこは鼻につくねぇ」

「そんなにひとのことあざ笑って楽しい？」私は低い声できいた。

「私のおばあさんでもないくせに。星ばあだってそんなだからきらわれて、娘さんもどこかへ行っちゃったんだよ。孫にだって会えないんだよ」

言ってから、しまったとあせった。でもお互いさまだ。星ばあは私を怒鳴りかえしたりしなかった。見たことないほど冷淡な目つきで私を見すえている。軽蔑《けいべつ》された、と思った。

帰る。きっぱり言い捨てると、私はきびすを返した。

その拍子に足もとで、さっき星ばあに見せて笑われた墨絵が舞う。街路樹のむこうにつづく屋根屋根を描いた絵。モノクロームの風景は、ちんぷな積み木のかたまりに見える。


その夜、ママが早めに寝室にひきあげたのを見はからい、パパに詰問するようにたずねた。本当に私の母親は、そのあと私に会いにこなかったのか。

しばらく口をつぐんでいたパパは、あきらめたように告げた。きたよ、と。

「つばめが小学生になったときと中学入学のときだ。電話してきた。お祝いさせてくれってね」

「それで？」注意深く、私は父親を見すえた。

「そっとしておいてくれと答えた。内緒で会うようなこともしないでくれと頼んだよ」

パパのどこからしろめたそうな声。からだのなかで感情がこんがらがって、胸をつまらせる気がした。怒っていいのか感謝していいのか、自分がつかめなかった。

「みんなうそつきだね」

小さく笑みをもらしてそれだけ言うと、私は立ち上がった。

ゆっくりのぼる階段のつきあたり。あけっぱなしの窓から生きものの目みたいな半月が見えた。今日買ったくつしたをごみ箱に捨てたあと、考え直してひきだしにしまう。何もかもがひどいあと味の悪さだった。

亨くんの病院を訪ねたのは翌日だ。誰かとつながっていたかった。

けれど、気づけば私は、誰ともつながってなんかいないように思えた。それでも会いたいと思えるひとは、ちゃんといる。そう確信したとき、自然に足が病院にむかっていた。

「うちのママに赤ちゃんができたんだ」

なるべくあかるい声で告げると、亨くんは「つばめちゃんもついにお姉さんか」と喜んでくれた。そのあとで笑って言いたす。きょうだいはいいよ。面倒なこともあるけどね。

——その面倒なことのせいで、彼は今、ここにいるんだ。

私たちは亨くんが売店で買ってくれたアイスを食べながら、中庭のベンチに腰かけた。きまり悪くてなんとなく屋上は避けたい気がしていたから、ほっとした。母親に関するこのところの私の風通しの悪い気持ちは言えずにいた。ひとの家のごたごたなんて、今の亨くんにはおなかいっぱい、だろうから。かわりに、星ばあのことを少しだけ話した。

「つばめちゃんが、そんな変わり者のおばあさんといきなり知り合ったのも面白いけど、対等にけんかするってとこもすごいなぁ」

亨くんがおかしそうに言う。見慣れた笑顔。私をなつかしいひとに出会った気にさせる。

「だって星ばあ、あ、そのひとに私がつけたあだ名なんだけどね。ひどいことばっか言うんだよ。ひとのジンカクってもんを尊重してないんだ」

ぶぜんとした顔で答えながら、思いだしていた。星ばあの暴言の数々。今考えても憎らしい。なぜなんだろう。私は、もとからあまり感情をおもてに出すほうじゃないし、鈴子や奥野っちとだって言いあいになったことさえない。なのに星ばあを前にすると、憤慨したりおどろいたり泣いたりと、やたらいそがしいのだ。それはさ、と亨くんが、ゆったりと首をかしげる。

「つばめちゃんがそのひとのこと、理解したいって思うからじゃないかな」

そうかもしれない。私は少し考えてから、つぶやいた。亨くんの前だと、認めたくないことも素直に認められるのがふしぎ。長いこと見つめてきたひとに、うそはつきたくない。

「きっとそう。友だちや親とけんかしないのは、自分と近いとこにいるひとたちだからなんだと思う。星ばあは違うんだ。自分とはてんで別の場所にいるのに、なんか気になるの」

「そのおばあさんのことすきなんだね、きっと。なんだかおかしそうなひとだもんな」

「んー、そうなのかなぁ」

簡単には答えられない。ふりまわされ、叱られて、うっとうしくてたまらない。それでも大嫌いじゃないのだろう。いやだったら屋上に行かなけりゃいいのだ。彼女がどこに住んでいるかさえ私は知らない。あらためて私たちをつなぐもののたよりなさを思った。

「おまけに超変人なんだよ、そのひと」私は、うちあけ話をするように声を低めた。「自分のこと、空が飛べるって言い張るんだもん。ちょっとぼけてんのかもしれない」

亨くんは笑い飛ばしたりせず、へえと感心してみせた。

「本当に飛べるのかもしれないなぁ、そのひとは」なんてしみじみ言うので、肩すかしをくらった気分。年下の私にあわせてくれているのなら哀しいな、と思いつつ。

「飛べるっていえばさ」

言いながら、彼は食べ終えたアイスのカップを丸め近くのごみ箱に投げた。命中だ。通りがかった顔見知りらしき看護婦さんが、にこやかに亨くんに笑いかけてくる。

亨くんの姿は、この場所になじんでいた。病院という、けっして陽気とはいえない空間。でも彼自体は暗いかげにとりこまれたりしない。今の彼に必要でたいせつな場所。それだけだ。

私には、自分にとって必要な場所がどこだか、目を凝らしても見えてこない。

「昔に読んだ本がいまだ印象に残ってるなぁ。たしか外国の作家が書いた児童文学だったと思うんだけどね」

「へえ、それってファンタジー？」きくと、亨くんは、まあそうかな、と首をかしげた。

「飛行できる少年が主人公だからジャンル的にはそうだろうね。でもその子は自分が飛べることを面白がってないし、隠してもいる。どちらかといえば重荷にかんじてるんだ」

「ふうん、私だったら自分が飛べるってだけで、うれしいけどなぁ」

「普通ならそう思うよね。僕も最初はちょっとがっくりきた。なにしろかっこいいSF冒険小説だと期待してたからね。でも読んでて、ああそうかって、その少年の気持ちがわかる気がしてきたんだ。ひとと違う能力を持つのは、誇らしくもあるけど、苦しいことでもあるんだなってね。力を生かせずにゆううつにもなる。うらやましいだけじゃないんだ」

「わかる気もするけど」

うなずきながら、私はそれでもゆううつな飛行少年がうらやましかった。とびきりの力を持ってるのにぜいたくだ、と思った。母親のことが、ふたたび頭をかすめる。会ったこともない母親は、私のなかでは「ひとと違う才能」の象徴だ。

私を生んだそのひとは、いくつもの賞をとり、個展をして華やかな世界に生きている。酒造会社の営業部にいたパパと出会ったのは、そのときすでに書家として活躍していた彼女が、その会社のお酒のラベルを依頼されたためらしかった。

どうしてそんなひとが、平凡なパパと結婚したんだろう。疑問に思った私にパパは説明してくれた。彼女はうまくラベルが書けないと何度もやり直してきてね、すごく苦しそうだった。その姿が痛々しくて、いちサラリーマンの分際であと先考えずにくどいたんだ。

「まあその話がきっかけになったわけでもないんだけどね」亨くんの言葉で我に返る。

「何かひとつ特別なことができるのはかっこいいな、とぼんやり思いつづけてたわけだ、平凡な高校生としては。そんなときブルーグラスに出会ってね。あ、これかって思えた」

「もうやらないの？」

決定的なことをきくのがこわいのに、たずねずにいられない。

「今はわからない」亨くんがきっぱりとした表情で、首をふる。

「まずは、これ」彼は、ギプスに固められた足をぽんぽんと軽くたたいてみせた。

「リハビリ次第で杖《つえ》なしで歩けるまで回復するかもしれないって、最近、先生に言われたんだ。今は目の前のことに集中するしかない。音楽のことを考えるのは、そのあとかな」

よろこびとも安堵《あんど》ともつかない気持ちが、胸にたちまちふくらむ。病棟の壁の白も、ごみ箱に捨てられたオレンジの皮も、急にまぶしい輝きをました気がした。

「そうなんだ。よかった」

息を吸いこんで言う。星ばあに会って以来、涙の出やすい体質になっている私は、思わずうつむいた。まばたきする瞳《ひとみ》に映る、車椅子の上にきちんと並んだ亨くんの足先。ギプスにサインペンで落書きされたチューリップと丸い女文字から、あわてて目をそらす。

「退院できたらさ、どっかに行こうか。一緒に」

亨くんのさりげない声。耳にゆっくり流れこむ。たとえ肘《ひじ》バッグのジョシダイセイのかわりでもいいよ。耳の底に響く熱い余韻を確かめながら、心でつぶやいてた。

星ばあとはあれ以来、口をきいてない。怒りは消滅していたけれど、なんだか顔をあわせづらかったのだ。書道教室のあとも屋上には寄らず、そのまま帰った。かわりというわけじゃないけれど、町歩きの時間をふやすことにした。午後だけでなく、朝のすずしい時間にも家を出た。駅の反対側や、隣の駅。バス停の三区間くらいはテリトリーも拡大している。けれど、星ばあと会わない一週間が過ぎても、進展はなかった。

やっと見つけたえんじの陶器瓦《がわら》の家では、老夫婦が庭いじりをしていた。もう一軒の家の表札には両親と女の子の名があっただけだ。散歩の途中で、つわりのひどいママのかわりに買い物をすませて帰ることも多くなった。ほか弁屋のお惣菜《そうざい》、れんこんや鶏のささみ。チョイスが多すぎて、迷ってしまう。ママはごはんを炊くにおいに吐き気がするというので、夕飯のしたくもたまにする（パパは、つばめもたのもしくなったと大喜びだ）。

専業主婦の仕事はのんきそうで気楽だと、普段の私は思っていた。でも、いざさわりだけでもやってみると、意外に時間をとられるものなのだ。ごはんの水かげん。お茶碗《ちゃわん》を割らずに洗うこと。芸術家や音楽家にくらべてとびきりでもなんでもないけど、うんざりするくらいの平凡なつみ重ねのひとつひとつが、確かな手ごたえを伝えてくる。

家事と町歩き。夏休みの宿題と習い事。一日の終わり、私はまたたくまに眠りにおちた。

歩いている途中の本屋さんで、あるものを発見した。中原淳一《なかはらじゅんいち》のイラストカードだ。前に星ばあが、若いころにすきだった少女小説や画家の話をしてくれたとき、このひとの名前をあげていたのを思いだしたのだ。今は昭和初期のレトロブームらしく、こういう昔の雑誌や絵本の復刻版をけっこう見かけるのだった。私には新鮮なものばかりだ。

おさげ髪で少女雑誌を読みふける星ばあの姿を想像してみようとした。うまくできなくて、しかつめ顔に深いしわをよせ、紙のきせかえ人形遊びをしている様子がうかんだ。

おかしくなって、ふふふと歩きながら、笑った。

次の月曜の夜。通い慣れた教室のある雑居ビルの入り口をあがろうとしたときだ。隣のビルとの壁のすき間にもたれて立っている星ばあに気づいた。私を見ても表情をかえず、視線だけをこちらにむける。私を待ってたのは明らかなのに、知らんぷりをきめこむつもりらしい。私はため息をつくと、彼女のそばに寄った。こちらから話しかけるのはしゃくにさわるが、来てくれたのはあっちのほうだ。

彼女と知りあう前はひとりで教室に来て、ひとりで屋上にあがった。その時間がすきだったはずなのに、今は屋上と星ばあはセットになっている。片いっぽが欠けると、バランスの悪いシーソーみたいに落ち着かない。

書道具を入れた鞄《かばん》から、中原淳一のカードを取りだした。目のばかでかい女の子がこまっしゃくれたポーズをつけている絵の描かれたカード。

これ。薄い紙袋からとりだし、星ばあに差しだした。持ち歩いていたせいで袋の角が少し折れていたけど、ビニールに入った中身は無事だった。

「なんだ」仏頂面で受けとった星ばあは、たちまち表情をくずした。

「おや、なつかしいねぇ。中原センセの絵じゃないかい。どこで見つけたんだい」

しゃちこばってセンセイ呼ばわりする星ばあがおかしかった。

「くれんのか」

「あげる」

つっけんどんに言葉をかわしながらも、星ばあが私の手から紙袋をうばう。ていねいにカードを袋に入れ、革の巾着袋《きんちゃくぶくろ》にそっとしまった。

「ちょっと付きあえ」

星ばあはぶっきらぼうに言い、さっさと歩きだそうとする。私はあわてて声をかけた。

「だって私、これから教室だよ」

「どうせたいして進歩のない腕前だ。一日やそこらさぼってもかわらんだろ。ああ、今夜は蒸すねぇ。みぞれアイスでも買ってくれ」

「えー。ちゃんと月謝も払ってるんだよ。先生に連絡もしてないし、行かないと」

「そういうのがあんたのつまらんとこだ。今日がなくても次があんだろ。そのまたお次もある。それにいったん離れりゃ、いかにそいつが自分にとってだいじかわかるっテンポよく言い切ると、星ばあはすたすた歩きはじめてしまう。まったく勝手なんだから。文句をその背に投げながら、私も仕方なくあとを追った。

「中原センセの絵はね、正統派の清いオトメなのよ。いまどきのぶりっことは違うさ」

「じゃあ、ボーイフレンドもいない純情な子ばっか?」

「いやいや、それはわからん。乙女の世界はああ見えて奥が深いからな」

カップの氷を木のへらでしゃくしゃくけずりながら、私たちはくだらないことを言いあって歩く。暮れはじめた空が白っぽい。あまずっぱい氷のレモン味はいつもよりはかなく、夏の終わりが近いことを知らせていた。

「いい宵のくちだな。秋が、影法師さんなかにひそんでる」

少女小説を読んでいたなごりは、ときどき星ばあに乙女チックなことを言わせるらしかった。私は自分のうしろをふり返る。二つならんで長くのびた影。空気に散るオレンジ色の粒子のせいか輪郭がやさしく見えた。星ばあは今から屋根探しをするつもりだろうか。

「どこ行くの？　そろそろ暗くなるし、こうやって歩いてても瓦の色なんて見えにくいんじゃない？」

その心配はいらん。通りすぎた自販機のカップ酒をちらと物ほしげにふりかえり、星ばあが言う。そういえば、星ばあがお酒を飲んでいるところは、見たことない。

「だって、せっかくこうして歩いてるのに」

言いながら、腫《は》れたふくらはぎの筋肉が痛んだ。このところ朝夕と歩きつづけているせいだ。でも星ばあのためにそこまでしているなんて白状したくなかった。早足の歩調にあわせてしぶしぶ歩く私を、気にとめる様子はない。

前を見ながら、星ばあは言った。

「わかったんだ」

「え」思わず足をとめ、きき返す。夕方特有の澄んだ気配が路地を包んでいる。

「どうやら、マコトの居場所がわかったみたいなんだ」

星ばあのがさがさした声が、うす紫っぽい空気をふるわせるように、くっきり響いた。

10 発 見

いつのまにか街灯のともりはじめた道を、私たちは黙々と歩いた。ときおりベルを鳴らして自転車が私と星ばあの間を通りすぎる。サラリーマンが子どもへのお土産らしきおもちゃの袋をゆらして歩き去っていく。だれもが自分の居場所へ帰る時間。

急に星ばあの歩調が、のろくなった。西の空に残っていた夕焼けが深い紺色に吸いこまれたころだ。

「どうしたの？」

とうとう立ち止まってしまった星ばあにたずねる。星ばあは、私のことを見つめた。ひどくぼんやりした、つかみどころのない目だ。こんな目、どこかで見たことある。そうだ。あてもなく商店街をさまよっていたいずみちゃんに、ばったり出くわしたときの目にそっくりなのだった。私のことを、はじめて見かけた生き物のようにめずらしい顔つきでながめてる。どこかの庭先から、なんだかせわしない鳴きかたの虫の音がきこえてきた。

「やっぱ、やめるか。どうも気がのらんわ」

ようやくつぶやくように言った星ばあを、私は不満げな声で責めた。

「えー。なにそれ」

さんざん歩かされてやめるはないだろう。ふくらはぎも足首もすでに歩きつかれてぱんぱんだった。信じらんないよ、ここまできて。行こうよ、ね、せっかくだから。なじったりなだめすかしたりしたが、星ばあはさっさと目の前の垣根の根元に座りこんでしまう。

「あーもしかしてマコトくんちが見つかったなんてうそ？　私をまたかついだんでしょ」

「け」星ばあは、心外だという顔で咳《せき》ばらいをしてみせる。

「めっそうもないことお言いでないよ。いつあたしがあんたのことかついださ？　だいたいひとをだますなら、どうしてあんたと一緒に歩かにゃならん。あー、こんなに歩いたこたぁないよ長い人生でさ。もう足腰たたたん。か弱い年寄りをいじめて何が楽しいかね」

星ばあはぐじゅぐじゅとごねながら、その場を動こうとしない。私はため息をつき、周囲をながめた。空気にひんやりしたにおいがにじむ。川が近いせいだろう。

そういえば川沿いのこのあたりまで歩いてきたことはなかった。トタン屋根や平屋づくりの家が多い簡素な住宅地。塀もブロックやフェンスではなく、かん木で作った垣根が多い古い区域だ。なぜだかマコトくんの家は、町に近いこぎれいな新興住宅地にあると思いこんでいた。

「ちょっとお。星ばあってば」

私は困り果て、ひとさまの家の前に座りこむ星ばあをながめおろした。

垣根沿いにごたごたならべられた鉢植えや細長いプランター。その合い間にうめこまれたようにちんまり座った星ばあは、私をふいに見あげた。

「あんたはさ、魂ってもんを信じるか」

「……なによいきなり。それってこわいハナシ？」

正直なところ、私はこわい話や怪談のたぐいが大の苦手なのだ。誰かが修学旅行で言いだそうもんなら、らーらーらーと耳に指をつっこんで歌ってしまうほどに。

「魂にこわいも可愛いもあるもんかい」

星ばあは小ばかにしたように言うと、隣に座るよう顎《あご》でうながす。仕方ない、しばらく話に付きあおうと、私もプランターの横に座った。この家のひとが出てきたりしないといいけれど、と祈りながら。足もとから、草花の青くさいにおいがつんとたちのぼる。

「あたしゃね」星ばあが言いだす。ひとの家の植木なのに、葉を勝手にちぎっている。「若い時分から魂とか霊とかそういう話は、実がない気がしてとんと興味なかったがね」

「星ばあ、食べられるもんにしか興味しめさないもんね」

茶々を入れる私を星ばあがじろりとにらむ。子どもが自転車で前を通りすぎたが、家路を急いでいるのか、私たちを見もしなかった。ほっとする私に、星ばあがつづける。

「だがやっかいなことにさ。魂ってもんは、実もありゃ花もあるんだわな」

「花？」

「ああ、生きてるうちが花だ。からだって器はそうだね、この植木鉢みたいなもんだとしようか。鉢に花がおさまってるうちは安泰だ。芽ぇだして育って華やいで。思い出って実もつくって生きてくんだ。だがいつか、入れもんのほうは割れたり欠けたり、使い古されてがたがくる」

「星ばあのからだも、がたがきてる？」

「そりゃもうがたがたさ。だがな、そうなってくっと人間、欲が出てくんだ。一度はあきらめたもんも最期には、見ときたい食っときたい。人間の欲深さときたら、そりゃあ切ないくらい節操がねえんだな、これが。まあ、それが生きてるってことだがね」

「でもさ」私は星ばあが何を言いたいのかわからないまま、口をはさんだ。

「自分の孫に会うのは、ちっとも欲深いことじゃないと思うよ」

つばめはやさしい子だな。星ばあは細い手首を持ちあげ、てのひらをぽんと私の頭にのせた。星ばあにほめられたのも、そんなふうに撫《な》でられたのもはじめてだった。

髪の上に残る、軽いのに力のこもった感触に、なぜだか少しさびしくなった。

「だがな、魂ってやつは、これで残酷なこともしなさる。入れもんが弱ってるとこにきて、自分の愛するもんにゃ必要とされてないって認めちまった時点で、ちんとベルが鳴って、タイムアウトだ。あの世からおむかえがさっとやってくる。はいはいお次ってなもんだ」

「お次って。魂が生まれかわって、次の入れものに行くってこと？」

ニューエイジっぽい話がすきな墨絵教室のＯＬが、声高に話してたのを思いだす。

「まぁそんなとこだろうがな。そこまではさすがにこの博識なあたしにもわからねぇ。なにしろまだ死んだこともなけりゃ、他の魂さんに体験談きいたこともねえからな」

言ったろう。実のない話は食えないからきらいだってさ。星ばあがくにゃりと笑う。

私はそわそわしだした。こうして魂の話なんかでごまかされ、道端に座りこんだまま夜があけてしまいそうな気がしたのだ。植えこみの深い緑が、薄い闇ににじみはじめている。

行こうよ。私は話をさえぎり、立ち上がる。星ばあも観念したのかしぶしぶしたがった。

その家の間近まできたとき、足をとめたのは、私のほうだ。街灯にぼんやりと、赤っぽい瓦屋根《かわら》がうかびあがっていたからだけじゃない。その家に、心あたりがあったのだ。

さっきから、このあたりの路地に見覚えある気がしてふしぎだった。狭い道幅。電柱にはりついた古びた質屋の看板。私につられるように、星ばあも路地の曲がり角で立ち止まる。ぜんまいの切れた人形みたいに、足をぴたりととめた。

「まぁあれだな。ここまできただけで、今日はよしとするってことで」

両手を下げて突っ立ったまま、わけのわからないことを口ごもっている。

「ちょっと待ってて。ここ、動かないでよ」

私は念を押し、おそるおそる目的の家に近づいた。表札を見た瞬間、あっと思う。やっぱりだ。そこは——そのえんじ色の瓦のこぢんまりした木造の家は、笹川くんの家だった。去年、私たちが付きあっていた短い夏。一度だけ彼に連れてこられたことがある。

疑問が胸に猛スピードでうずをまく。ここに星ばあの孫がいるなんて、何かのまちがいだ。否定しようとしたとたん、もうひとつの事実に思いあたる。笹川くんの名が誠人《まこと》だということ。一方で、星ばあの孫がいつまでも小さな「マコトくん」のままじゃないことにも気づいていた。

おそろしい非現実感が、路地のむこうからごうごう流れてくる気がした。ぼう然と、星ばあのほうをふり返る。電柱のかげにとけこむようにして、星ばあのシルエットがしぃっ、と人差し指を口にあてた。どうしろっていうのだ。次の行動をきめかね立ちすくむ私の前で、そのときいきなり玄関のドアが乱暴にあいた。

心臓が止まるほど、びっくりした。出てきたのは、笹川くん本人だった。

「な……何やってんの、おまえ」

ぎょっとした顔で口火を切ったのは、彼のほうだ。肩にかけた大きなバックパックから派手な柄の描かれたスケボーがのぞいている。こんな時間から遊びに行くのだろうか。

「えっと、あの」

次の言葉が出てこない。こんな展開になるなんて誰が予想しただろう。

そのまま黙りこくってしまった私を、笹川くんはいぶかしげにながめると言った。

「様子、見にきたってわけ?」

「様子って?」意味がわからなくて、まのぬけた声がもれた。

「ガッコでなんか言われたんじゃねえの。酒かっくらって謹慎中の、しょうもねえ元カレの様子でも見てきてやれってさ」

笹川くんはうっとうしそうに、オレンジ色のメッシュが入った前髪をかきあげると言った。あ――、とへんに納得してしまったあとで、ちがうちがうと私は首をふる。そういえばまゆこがそんなこと言ってたっけ、と思いだしながら。でも笹川くんが授業中にお酒を飲もうとけんかしようと今の私には、関係ない。そういえばあのころも言われたっけ。

大石ってさ、いつも私にはカンケイありませんって顔してるよな。対岸の火事ってカンジ？――対岸の火事だなんて言葉、勉強のきらいな笹川くんはなんで知ってたんだろう。

「んーと、ですね」私はしどろもどろになりながら、説明の言葉を探した。

「私がきたのは、そういうことじゃなくて」

「じゃ、何？　ヨリもどしたいとか？　そういうんだったらオレ、大歓迎」

下品に顔をくずした笹川くんが、私の首に手をまわそうとする。近づいた顔から煙草のにおいがした。反射的にぐいと胸を押しのけたせいで、彼は一瞬よろめき、玄関の柱に腕をついた。じゃなんなんだよ。吐き捨てるように言う笹川くんの凶暴な瞳《ひとみ》。

ぞくっとした。こんな子と私、付きあってたんだ。去年の夏を、はるか遠くに感じた。

「おまえもあれ？　クラスの学級委員の女子みたく、親切にノートでも持ってきてくれたってわけ？　私のために改心してほしいのってクチか。かったりィんだよねぇ、そういうの。ヤラせてもくんねえくせに」

金縛りみたいにからだがこわばる。こわかった。笹川くんの視線に射すくめられていることより、彼の内側から殺伐としたものが流れでてくる気がして。投げやりな暗さに取りまかれ、窒息しそうで。彼ほど攻撃的じゃないけど、私も同じような時期があったからわかるんだ。自分と周囲がぎざぎざとずれていく感覚。今の笹川くんも、ちぐはぐな断層をもてあましてるのかもしれない。

私はつばをのみこみ、なるべくあかるい声を出した。

「あのさ。へんなこときくようだけど、笹川くんておばあさんいる？」

はぁ？　なんだよいきなり。ふいをつかれたように、笹川くんがけげんそうな目をむける。

だからさ、おばあさんが、と言いかけたところで、彼は思いだしたようにあわただしく腕の時計をかかげた。見おぼえのあるGショック。彼はうしろ手にドアをしめると言った。

「わりィけど俺、これから約束あんだよね。あ、よかったら大石も来る？　おまえなかなかイケてっからさ。先輩に土産がわりに連れてったら、点数あがるんだけどなぁ」

笹川くんがたちの悪そうな高校生の仲間と駅前の繁華街でたむろしているといううわさは、きいたことがある。補導されたことも一度じゃないらしい。義務教育じゃなかったら、とっくに学校をほうりだされているだろう。笹川くんが何に歯むかっているのかは、私にはてんでわからなかった。そんなことより、目の前の謎をときあかしたかった。

「遠慮しとく。それよりさ、答えてよ。おばあさん、いるの？」

食いさがる私に、彼はだるそうな声を出す。いねえよ、そんなの。

黒いペンキがはげ、さび止めがのぞく門を乱暴にあけると、笹川くんは歩きだす。あわててあとを追った。開けっぱなしにされた門をしめ、待ってよ、と声をかけながら。そのひょうしに玄関の脇に置かれた鉢にぶつかりそうになり、あせった。いくつかある鉢は、どれも枯れかけた草がそのままにされている。

思いだした。はじめてきたときもこの家にただよってた、しずかに荒れた空気。みょうにがらんと殺風景な部屋。そのくせ家のなかに何日も干されたままのような洗濯物。あたたかく混沌《こんとん》としたわが家とは、あまりに違う気配におどろいた。

それに気づいてしまったことに、うしろめたさを感じるような。

「あーのーねー」

横に並んで歩こうとする私に、彼は子どもに言いきかすような声を出す。

「言っとくけど、俺んちにはいっさいそういうメンドくせえしがらみはないわけ。おふくろは男とっかえひっかえ、金づるとみりゃさっさと次に乗りかえる。そのせいで俺の名字もころころかわってやんなるけどね。ばあさんどころか俺の父親だって、どこにいるかも知んねえ。そのせいで、いたいけなひとり息子はグレちまい、不良街道まっしぐら。でもそれは、ホントは親のせいなんかじゃなくて、いとしい初恋の子にふられたせいなのです。あー俺って、なんてめめしいの。めそめそ」

笹川くんはせかせか歩きながら泣くふりをしたかと思うと、くるりと私にむき直った。

「これでいい？」

にっこり笑う目元に、見慣れたおもかげがやどっていた。私にキックボードを教えながら、「な、楽しいだろ？」ときいたときの笑顔。胸がちくりとうずく。

時間はどうして誰もかれもを同じかたちのままにしておかないのかな。私たちは、どこへ行くんだろう。

「でも本当は、どっかにいるんじゃないのかな？　笹川くんのおばあさん」

「しつこいね、おまえも。ばあさんにゃ興味ないのよ、俺っち」

うるさげな顔で肩をすくめたあと、「そういや」と彼は思いだしたように言った。

「おまえんとこも実の母親じゃないとか言ってなかったっけ。もしかしてお母さん、若い男つくって出てっちゃったとか？　ひょっとしてそれ、おまえの父親と結婚する前からの計画犯罪だったりして。そっかぁ、だからつばめなんて名前つけられたのか。気の毒〜」

ひとりで納得している笹川くんのヒステリックな笑い声を浴びながら、私は必死で追う。

つばめ。その名に、自由に空を飛ぶ鳥以外の意味があることを知ったのは最近だ。くだらない冗談でからかう男子の顔と笹川くんの顔。夕闇にまぎれて、もう区別がつかない。

笹川くんはぴたりと足をとめ、けだるい顔で私を見た。笑顔がきれいにぬぐわれている。

「おまえ、うぜえよ」

ふたたび歩きだす彼を、もう追いかけなかった。この子に、私の言うことは通じない。彼の言葉も、私にはわからない。哀しみよりあきらめの気持ちが苦くこみあげていた。

笹川くんが振りむきもせず行ってしまうと、ふと我に返った。星ばあのたたずむ曲がり角を通りすぎていることに気づいたのだ。あわてて振り返る。星ばあは、角の電柱の根もとにしゃがみこんでいた。ほっとした。逃げだしたんじゃないかと思ったのだ。

けれど、黄色っぽい窓の灯《ひ》がこぼれる通りを戻りながら、はっと足がとまる。

星ばあは、泣いてた。

声をたてないように、握りしめた巾着袋《きんちゃくぶくろ》のひもを口もとにあてて。

そっと近づいて、星ばあのすぐ脇にかがみこむ。小きざみに上下する肩に、しずかに手をおいた。薄い肩からてのひらに、きしんだ骨の音が伝わってくる気がした。

「なんかさ、ひと違いだったみたい。かえろっか」

私は小さく言った。星ばあの肘《ひじ》をささえるようにして、一緒にそろそろと立ち上がる。

星ばあの顔は見えない。首を地面にむかって直角に折り曲げたまま、巾着袋で顔を隠すようにしている。ひんやりした風に、ラベンダー色のおくれ毛がはらはらとゆれた。

立ち上がったとき、星ばあのパッチワークのスカートから、何かが落ちた。

拾いあげてみると、絵葉書だった。水のなかにいる鮫《さめ》の写真がついたカード。はじっこのほうに水族館の名前が印刷されている。いつか一緒に行った水族館だ。いつのまに買ったんだろう。真正面を向いた鮫のアップは、なんだかひょうきんでまぬけに見えた。

「はい」

手渡すと、星ばあはしっかり下をむいたまま、すばやく巾着袋にしまった。

どちらからともなく、私たちは、ふたたび駅前にむかっていた。時間をかけ、今度はゆっくり歩きながら。駅に近づくにつれ、商店街の夜の活気が流れだし、私をわけもなくほっとさせた。まるでビデオを巻き戻してるみたいだ。

今夜のことはちゃらにして、また屋根探しの出発点に戻れるといいな。そんなことをぼんやり思いながら、歩いた。

見慣れた雑居ビル、ぼんやり暗い蛍光灯の光が入り口からもれている。とうに教室は終わっている時間だった。ゆっくり階段をのぼり、おどり場から屋上につづく扉をあけると、いつものように夜の空が待ちうけていた。星ばあは、くるしそうに肩で息をしている。

「あんたは〜〜あたしを殺す気かい」

星ばあがいつもの口ぶりでののしったので、私はちょっとほっとした。

「たまにはいいんじゃないの。健康には歩くのがいちばんなんだってさ」

「ものにゃ限度ってもんがあるだろが。近頃の若いやつぁいたわりも何もねぇ」

粗野な口調だけはあいかわらずだったけど、星ばあの顔を見た私は、胸をつかれた。

小さく丸い目にみちていたうばうように強い光。今はすっかり弱まっている。からだごと青白く縮んで夜にとけていきそうだった。細い髪が額にはりつき、くぼんだ目のまわりを闇より暗いかげが囲んでいる。私は、星ばあの薄らいだかげに気づかないふりをした。

「ねえ」こわばった頬をひきつらせ、私は無理に笑顔をつくって呼びかけた。

「もうマコトくん探しをやめるなんて、言わないよね？」

いつもの屋上。いつものちんまりと地味なこの町の夜景。そして、空。いや違う。空の色も雲のかたちも、一度だって同じだったことなんてない。星ばあと見る景色もアイスの味もキックボードをしながら切る風も。いつだって、ぞくぞくするほど変化があった。

私はおそれていた。そのすべてをうしなうこと。そう、星ばあからマコトくんと一緒に遊ぶ夢をうばってしまったら、彼女はどこかに消えてしまう気がして、おびえていたのだ。

「あんた、気づいてたか？」

星ばあは私の問いかけを無視すると、きいてきた。

「あの子にゃさ、あたしが見えなかったんだ」

やわらかなシルクのような夜気《やき》が灰色のコンクリートの上にただよっている。私はフェンスにもたれ、星ばあは網目に指を差し入れてつかみながら、外を見ていた。

「だからあれはマコトくんじゃないって。いやマコトはマコトでも星ばあの孫とは……」

もう、いいさ。私の言葉をさえぎるように、星ばあは、小さな頭を左右にふった。

私は彼女の横顔を見た。認めたくない何かが待ちうけてる気がして、鼓動が速まる。

「いいかげん疲れてうんざりしてたとこだしな。これですっきりしたってもんだ。あれがマコトでもそうじゃなくても、もうやめやめ。もとから会う気なんてなかったんだしな」

星ばあが空を見ながら、言った。自分にふんぎりをつけるように大声できっぱりと。

「見えなかったって、何のこと」

抗議するようにきいた。わかんないけど、これでおしまい、なんていやだった。

「星ばあのことが目に入らなかったって意味？　それなら仕方ないよ。だって私がしつこくしゃべりかけてたし、急いでるふうだったから。誰のことだって気づかないよ」

弁解するように言葉を重ねながら、さっきの星ばあの台詞《せりふ》を思いだしている。

——自分の愛する者に必要とされてないと認めてしまった時点で、タイムアウト。

星ばあ、実のない話なんてきらいなんでしょ。そんなみょうちきりんなこと言ってないで、いつもみたいに馬鹿話や下品なこと言って笑わせてよ。そうだおなかすいてない？　コンビニのお弁当おごってあげる、今から買いに行こう。お酒も買ったらいいよ。そんな台詞を頭に順ぐりに並べていると、星ばあは言った。心底、疲れているらしい低い声で。

「もういいんだよ、つばめ。ありがとな。いろいろ世話かけて悪かった」

おどろいて、星ばあにむき直る。星ばあがお礼を言うなんて、そんなこと。

いつしか私は、星ばあのごうまんさに慣れっこになっていた。

キックボードの講義をさせられようが、幕の内弁当を奮発しようが、屋根探しの経過を報告したときだって、お礼を言われたことなどない。星ばあは感謝もしなければ、悪がりもしない。いつだって与えられて当然って顔で、しゃあしゃあと受けとる。星ばあの魂から発散していた夜空でいちばんあかるい星みたいな光。今、弱々しく点滅していいるかに見えた。ウルトラマンのランプみたいにぴこぴこと。エネルギーが減ったら、ウルトラマンはウルトラの星に帰らなきゃなんない。

でも、いったい星ばあはどこに帰るのよ。

「そぉんなの、全然」私は不安をごまかすように、そっけない声を出し顔をそむけた。

「星ばあらしくないよ。お礼なんて言われたら気持ち悪いじゃん、何かあるのかってさ」

あいかわらずひねてんな。星ばあのか細い笑い声。ひとの感謝の気持ちは素直にうけとるもんだって言ったろうが。

それから、今まで見たことないほどの真顔で私を見つめた。

「あんたは言ってたな。あんとき、マコトを探すのを手伝うってあたしを説得したときさ。相手がどんなだったとしても、そのときの相手に出会えただけでよしとするって」

黙ってうなずく。亨くんの様々な映像は、すぐさま心の映写機のスイッチをオンにするだけでうかんでくる。それでも、そのときはそうしなかった。目の前の、星ばあの瞳《ひとみ》のかげりだけをのぞきこんでいた。そこに、幻の光を見いだすように息をつめて。

「おんなじさ」と、星ばあは、ようやく顔をわずかにほころばせると、言った。

「え？」

「あたしもちょっと前のあんたと同じあやまちをおかすとこだったよ。勝手にあきらめて、本当のことも見ずに、ふらふら通りすぎちまうつもりだったのさ。あんときみたいにね」

そう言うと、星ばあは意味ありげに、片目をつぶってみせた。

「あのときって？」いつも私、星ばあに何かをたずねてばかりだ。ふいにおかしくなる。

「ほら、雨んなかで出くわしたことがあったろうが。クラゲみたいにゆうらりしながらさ。あんときはお互いすれ違っただけだったが、今じゃ同じもんを見てる。こうしてな」

「ええっ？」思わずすっとんきょうな声を出す。

まさか。だってあれは、私の夢のなかの話だ。星ばあがくれた瓦《かわら》を持ち帰った夜に見た夢。糸のような雨をくぐりぬけ、さまよう私も星ばあも、けっして誰かの窓に立ち寄ろうとはしなかった。ただのぞきこみ、通りすぎ、お互いすれ違って消えていった。けれど今の私には、こうして星ばあとしゃべってる夜も、あの夢のつづきに思える。私は笑って言った。

「あれは、せっかく声かけようとしたのに、星ばあのほうが行っちゃったんだよ」

「あんたが物ほしげな顔で窓んなかのぞきこんでるからだ。どうせあの男の着替えでものぞこうと思ってたんだろ。やらしいがきだねぇ」

「そんなことしないってば。星ばあのほうこそ、盗み食いでもしてたんじゃないの」

ありえないことを話してるはずなのに、昨日の夜の出来事のように普通に笑いあう自分たちがおかしかった。こんな夜のなかでは、何もかもがなめらかな毛布のような膜にくるまれていく。遠い昔に飛べると信じてた自分も、星ばあとの出会いも、笹川くんが星ばあの孫なのかってことも。今は一緒くたに、空にうかんでる。

私は、やっとここにきて認めていた。星ばあが飛べるかどうかなんて関係ない。私たちが夢のなかで交差したのかどうかさえ。答えなんて、ない。ただいとおしかった。今ここで星ばあと一緒に見つめているもの。今まで過ごした時間。それらすべてには何ひとつうそがない。駆けめぐる時間のひとこまひとこまが、泣きたいほどにいとおしい。

そして、朝になればそれらは、まぶしい陽射しに吸い込まれ消えてしまうかもしれないと知っている。

だからこそすべてをそのままたいせつに受けとめ、おぼえておこう。私は誓っていた。

そのとき星ばあが言った。瞳に映りこむ月あかりのせいかいつもの光をよぎらせて。

「あたしがしょぼくれてるなんて、思ってくれるなよ」

「思ってないよ。星ばあ、いつだってしぶといもん」

私はわざとあっさり言った。

「ならいいがな。あんたもしぶとく生きてみろ」星ばあが、空を見あげながらつづける。

「いいか、だれだってもって生まれた力はあるさ。その力を目いっぱい使って生きるんは立派なことだ。だがな、忘れちゃいけんのは、その力をどう使うかってことじゃない。どんな強さもおよばない重くておっきいもんが、生きてるうちにゃ必ず、ころがってくる」

「どんな力もおよばないもの……」

私は不安げに星ばあを見た。

それは私がこのところ漠然と感じていたものに似てる気がした。胸にどすんといすわる重い石。星ばあもその重さのせいで、マコトくんと会うのをあきらめるというのか。これからくり返しおとずれるであろう別れの数、たいせつなひとの死を思うとき、私はその巨大な重さにおびえてしまう。私の手にささえきれそうもない。

「重しにとりこまれるな。一緒んなって沈みこんでもいいから、もう一度浮きあがれ。いいか、哀しみも喜びもパチンコと違ってうちどめってもんがない。とりこまれたら負けさ」

「浮きあがるって、いったい……」

「はい、この話はこれでうちどめとしましょ」

私がきこうとすると、星ばあはさっさと話をさえぎってしまった。

「ああ今日はくたびれたわい」とつぶやきながら、フェンスをつかんで腰を曲げたりひねったりしている。星ばあの横で、眼下の光景を見おろす。街灯《まちあか》りは消えはじめ、家々の輪郭さえもおぼろげだ。けれど、いろんな屋根の形は、心が痛むほどあざやかに、うつろだった頭によみがえる。この夏、私は、あのなかのいくつの屋根をながめたことだろう。

　金属屋根、和瓦、陶器瓦。星ばあから教わったいくつもの瓦の種類。ガラス瓦は今回見のがしたけど、次のお楽しみにとっとこう。マコトくん探しはあっけなく終わってしまったが、私はこれからも歩くたびに屋根を見あげるだろうと思った。新しい町、見慣れた町どこででも。いつかすきなひととベランダで、自分の家の屋根を見おろす日もくるかもしれない。

　先は長く、まだまだ見たことないものが待っている。そのおそれとよろこび。

「そろそろ帰んなきゃ」

　時計に目をやると、けっこう遅い時間だった。いくら自由にさせてくれる親でも、この時間はちょっとまずいだろう。そうかい、うなずきながらも星ばあは動く気配がない。

「行くね」と言うと、星ばあは、ああ、とみじかく返す。私は振りむきざまに言った。

「ねえ星ばあ。今度はさ、スケボーに挑戦してみたら」

「スケ？　なんだそりゃ」

「スケートボードだよ。学校じゃキックボードより流行《はや》ってるんだ。今度一緒にやろうよ。またここでさ」

そうだな、スケボー、やるか。いつになくやわらかな笑みをうかべうなずく星ばあの頭上。星がひとつぶ、青く透明な石ころのように光った。

私たちが出会った夜のように。

11　空のしるし

けれど、星ばあとスケボーどころかキックボードをやる機会も二度とおとずれなかった。

彼女は私の前から消えてしまった。そして私は、そのことを知っていた気がする。あの夜。星ばあの頭上で、星が切ないほどのまぶしさでまたたいたそのときに。

くるおしい別れの予感にとらわれた私が泣きそうになったとき、星ばあが言った。

「泣くな。ブスな顔がよけいブスになるぞ」

それが、私がきいた星ばあの最後の言葉だ。

屋上をおりた私は、疲れきった足をひきずるようにして、家に帰りついた。

門扉《もんぴ》の前で、パパがおろおろした顔をして立っていた。私を見ると、パパはほっと顔をなごませた後、不機嫌な表情をうかべてみせた。とってつけたようで、あまりこわくない。

「中学生の帰ってくる時間じゃないだろう。心配になって牛山先生に電話してみたら、今日は教室にはこなかったっていうし。まったく今ごろまで何してたんだ」

ごめん。出むかえてくれた父親に素直にあやまった。ちょっと友だちと色々あってさ。

トモダチという響きが喉《のど》を逆《さか》もどり、胸の底にことりとおちる。すべすべ丸い石みたいな感触。パパの顔から目をそらす。目の裏で待機してる涙がこみあげてきそうだったから。

「まあいい。ママもあんなだし、あんまり心配かけないでくれよな。早く入んなさい」

玄関に入ると、ふいに視界があかるくなり、一瞬くらっとした。私が帰るまでつけっぱなしだったらしい蛍光灯が照らしだす、げた箱の上の犬の置物やママの手づくりのリースの壁かけ。籐《とう》の一輪ざしは、家族旅行の修善寺で「貧乏くさい」という家族の反対をおしきってパパが買ったものだ。つばめ、帰ったの？　と台所から、ママの声。

おしよせてくる。ごちゃごちゃとあたたかな家族の空気が、サンダルを脱ぎ捨てる足元に波のようによせて、私をゆるやかに現実にひきよせる気がした。

ただいま。大声を出しながらスリッパをはく私の背中で、パパが声をひそめた。

「つばめ、もしかしてこの前のこと気にしてるのか？」

「この前って？」

「ほら、おまえの母親が会いたいって言ってきたって話だ」

ああ、と私は、思いだしたようにうなずいた。

「そのことなら、もう全然気にしてないよ。私だって会いたいかどうかもわかんないし」

そうか、とやわらかな顔で息をつく父親に、私は言った。

「でもさ」

「うん？」

「これからは私に関する何かが起こったときは、きちんと私にも伝えてよね。私だって、れっきとした家族のメンバーなんだからさ」

わかった、そうするよ。約束する。パパが神妙な顔で、うなずいてみせる。

キッチンのテーブルの上には、ラップのかけられたお皿がのっていた。いつものように、パパのすきなお酒の肴《さかな》ふうのおかずと私の好物をまぜた豪華メニューじゃない。ピザだけ。サラダさえもない。つわりがひどくても町内会で忙しくても、ママは、夕飯にはきちんと何種類ものお皿を並べたがるひとなのに。デリバリーのピザが許されるのは、週末の昼ごはんだけだ。

不審な顔で食卓を見つめる私に、ママはにっこりと言った。

「たまにはこういうのもいいでしょ」

「うん、いいんじゃない」

うなずきながら、ひえきってチーズの固まったピザを見おろす。とたんにものすごくおなかがすいていることに気づいた。そういえば昼から、みぞれアイス以外口にしてなかったっけ。あたため直してあげるというママの申し出をさえぎり、ピザを猛然と頬張った。

あっという間に食べ終え、麦茶を一気のみする私を、いつものようにテーブルのむかいに座ったママがあきれた顔でながめている。からになったコップを置くと、私は言った。

「ねえ、ママ」

「なあに。おかわりならもうないわよ」

「いくらなんでもそこまで食べられないよ。あのね、生まれてくる赤ちゃんのことだけどさ。私に遠慮なんてしないで、可愛がってあげてね」

「なに、つばめったらとつぜん」と、ママは笑いながら、お皿をさげはじめた。

「だって、気をつかわれたら困ると思って。私がひがんだりするんじゃないかとかさ」

やだ、何言いだすかと思ったら。ママは私の言葉に、おかしそうにふきだした。

「もちろん可愛がるわよ、あたりまえじゃない。つばめだってもう大きいし、やきもち焼く年でもないでしょ。悪いけど、もぅお、思う存分えこひいきさせてもらうし、つばめやパパのことだってこき使うからね。かくごしといてちょうだい」

ママは宣言するような口調で言うと、

「つばめの食べっぷり見てたら、おなかがすいちゃったわ」

とつぶやいて、クッキーの缶をあけてつまみはじめた。

「妊婦っておなかすくのよねぇ。この年だからよけいかしら。考えたんだけど、もうあれこれ頑張るのはやめにしたのよね。これからもっと大変になるんだし。力ぬかなきゃね」

私とパパは顔を見あわせた。くったくのないママの笑顔を見てたら、なんだか力がぬける気分になった。最初からいろんなことを気にしすぎていたのは、臆病《おくびょう》な私たち父子だけかもしれない。本能で生活をしきる実力派の母親には、誰だってかなわないのだ。

血のつながりも親子のきずなも、言葉にしてみるとなんだかたよりない。ひとは守りたいものがそこにあるとき、誰だって途方もなく強くなれるもんなんだ。あたりまえに。

私も強くなりたい。もっともっと。ほしいもんはほしいと言える。そんなすこやかな強さでたいせつなものを守りたい。目の前から、それがいつか消えてしまうと知っていても。

新学期がはじまっても、私はしばらくぼんやりしていた。

けれど教室中に夏休みぼけのムードがただよっていたから、気は楽だった。みなが違う場所から持ち帰った違う夏のなごりを、やけた肌にはりつかせている。それでも、窓の外の光が弱まるのとうらはらに、私のなかで、やりきれない思いだけが強まっていく。

あれ以来、星ばあの姿は見ていない。月が隠れたように、星ばあの消えてしまった屋上はほの暗い。まったく勝手だ。ふいに目の前に流れ星みたいにおちてきて、ひとをさんざん振りまわしたかと思えば、挨拶《あいさつ》もなしに消えさるなんて。

そうだ、あのひとは最初から、礼儀知らずで無責任なばあさんだったじゃないか。自分の気持ちをもてあましていた。こんなふうにいなくなるなんてひどいよ。そう叱りつけてやりたい。マコトくんをあんな形であきらめるつもりかと問いただしたい。

胸につかえた思いはどこに行くすべもなかった。ひとりの屋上は、閉園後の遊園地みたいにあじけない。へたな墨絵をけなすひともいない。一方で、苦い後悔も心をかすめる。

私が無理にマコトくんに会うことをすすめたせいで、星ばあの生きる気力をうばってしまったんじゃないかって。それさえ今は謎のまま。一緒に過ごした屋上さえもたのもしい証人になってはくれない。

タイムアウトっていったい何なのよ、星ばあ。心でつぶやく。

それでも日々は、確実にすぎていく。ママのおなかはわずかにだけどふくらみ、亨くんは退院してリハビリ通いに精をだしている。いずみちゃんは新しい仕事を見つけた。近所のスナック兼喫茶店で働く彼女は、今や町内のおじさんや学生たちのアイドルだ。

私の毎日だけが、停滞しているみたいだった。今になって思えば、屋根探しだって、星ばあのためだけじゃない。ほしかったのだ。自分が何かをしているという手ごたえ。何かを探して見ひらく目に映るもの。ちゅうとはんぱに目標をうばわれ、腹立たしさがぬぐえないでいる。そんなことを思うとき、星ばあの声がきこえる気がした。

――ほらまた。なんでもかんでもひとさまのせいにすんじゃねえって、言ったろう。

心にぽつりとうまれた空白がそれ以上ひろがらないように、私はやみくもに動いた。たいして興味もない科目の宿題どころか予習までこなし、友だちをおどろかせた。つわりのおさまったママがもういいというのもきかず、庭掃きから食事の後片付けまでうけおう。実母の書画展にそっと出かけもした。彼女が会場にいないのを確かめ、食い入るように一枚一枚の作品を見つめる。素晴らしく力のみなぎる優雅な筆の力にうちのめされた。

それでも見えない穴ぼこはじょじょに心にひろがりつつある。どんなに目を凝らしても、そこに自分の未来図なんて見えやしない。母親との遠い別れも、星ばあとのとぎれた日々も、じょうずに消化しきれないままだ。時間のすきまをうめるように過ごせば過ごすほど、世界から自分が孤立していく気がした。そのとき、気づいたのだ。

これが星ばあの言ってた重しなのかなと。どんなにあがいて浮きあがろうとしても、底へ底へと沈んでいく。穴のなかは、しんとしてとても暗い。光が見えない。

夏の間の無理とこのところの寝不足がたたったのだろう。午後の授業中、とうとう私は貧血をおこし、倒れてしまった。

鈴子につきそわれて保健室に行き、ベッドにあおむけに横たわる。

鈴子が授業に戻り、保健の先生もどこかに行ってしまうと、私は保健室にとり残された。白い小さな箱のような空間。消毒液のにおいがする部屋に、おろされたブラインドのすきまから、午後の光が淡くもれている。

清潔な白いシーツの上で、私はひとりぼっちだった。

気持ちの悪さと、心ぼそさで、弱気になっていた。今度こそ、自分が正真正銘のひとりきりになってしまった気がする。思いついて、鼻歌を歌ってみることにした。何度も亨くんが奏でていたせいで覚えてしまったブルーグラスの曲。けれど、頭にこびりついていたはずの旋律は、いざ声にのせてみようとすると、うまくいかない。

ふらふらした足どりで立ち上がり、窓辺に寄る。せめて窓の外の景色が見たかった。緑の植えこみや校庭の砂ぼこり、午後の陽射し。にぎやかな色を瞳《ひとみ》いっぱいにとりこみたい。

プラスチックのブラインドのひもを目いっぱい引っ張り、あけたときだ。

中庭の向こう、校舎をつなぐわたり廊下を横切る笹川くんの姿が見えた。

今は授業中のはずなのに、あんなとこで何してるんだろう。また早退かサボリかな。

それでもひと恋しさもあいまって、私は反射的に彼に手をふっていた。保健室の窓からばかみたいに大げさに。私の派手な仕草に気づいた笹川くんは、何やってんだという顔で近寄ってきた。窓をあけてむかえた私を、笹川くんはあきれた顔で見つめた。

「まったくおまえって、いつもとうとつな場所に出現するよな。何してんの、こんなとこで」

「ちょっと気分が悪くなっちゃってね。ただの貧血。そっちこそまたサボり?」

「またって言うな、またって」そりこんだ眉《まゆ》のせいで人相の悪い笹川くんの顔は、苦笑いするとちょっと間がぬけてひとがよく見えた。今日はれっきとした早退なのだと胸をはっている。

「ふうん。れっきとした早引けねぇ」

うなずきながらも、窓わくをはさんでむきあう自分たちに気づき、おかしくなった。授業中、しずまりかえった校舎の片すみ。こんなところでひっそり言葉をかわしていると、共犯者めいた親近感がわいてくる。体育の時間を見学してる子同士で、こそこそ会話をかわすときのよう。

笹川くんも同じことを感じたのか、気のおけない調子で言った。

「これから病院なんだ。おふくろから呼びだしくらってさ」

「お母さん、どこか悪いの？」

ききながら、思いうかべていた。遊びに行ったときにちらとだけ見かけた彼のお母さんは、真っ赤な口紅と染めた髪の似あう、エネルギッシュな雰囲気のひとだった。たぶんそのエネルギーは家族や家のことでなく、恋にむけられているんだろうけれど。私の母親もあんなにおいのするひとかもしれないと思った。笹川くんが、ちゃうちゃう、と首をふる。

「ばあちゃんがさ」

「え」

彼の言葉にぎくりと反応する。凍りつく私を前に、笹川くんが思いだしたように言う。

「そういやおまえこの前もへんなこと言ってたよなぁ。まぁいいや、とにかくいたんだよね、俺にもばあさんなんてのが。おふくろも長いこと会ってなかったらしいけど死にかけてんのがわかってさ。おせっかいな親戚《しんせき》が連絡してきたわけ。おふくろも何考えたんだか最期に会ってやれなんてさ。ていうか、会ったって俺のことなんかわかるわけねえのに」

「おばあさん、そんなに悪いの？」

うわずった私の声に笹川くんは気づかないかのように、さらりとこたえた。

「もうずっと長いこと意識不明なんだってさ。春ぐらいからとか言ってたかな」

「……春」

混乱したら、またすめまいがおそってきて、私はしずかに窓ガラスに両手をついた。

「おまえ、だいじょうぶかよ。顔色よくねえじゃん。給食、ちゃんと食ったのかよ」

平気。思いがけずやさしくきこえた笹川くんの声に、私は微笑んでみせた。

「そっか、まあゆっくり寝てろ。俺、行くわ。待たせるとおふくろ、キレちまうからな」

笹川くん、と制服のかたい背中に呼びかけた。彼もずいぶん背が伸びているのに気づく。

「どんなひとなんだろうね、そのおばあさん」

わかんね。彼が振りむきざまに言う。

「小さいころ会った記憶がかすかにあんだけど、顔とか全然おぼえてないしさ」

肩をすくめて私に向き直ると、笹川くんは何かを思いだすようにつづけた。

「でもさ。おふくろが会いに行ったら、荷物んなかに俺の写真があったんだって。小さいころの俺が今の家の前で写ってる写真。おふくろ、親の話されると、そんなもんはいないってとぼけてたくせにさ。こっそり送ってたんだよな、手紙かなんか。そんなもんをばあさんがだいじに持ち歩いてたってきいて、俺、へぇと思っちゃったよ」

笹川くんは薄い眉を寄せ、言葉を拾うように、ぽつりぽつりと話す。

「よく言えねえけどさ。知らない誰かが、自分のことそんなふうに思ってくれてるなんてすげえって。離れたとこで見守ってくれてたのかなって。がらにもなくちょっと思っちまったんだよね。だから病院なんて辛気《しんき》くさくて苦手だけど、行ってみる気になったわけ」

私はやっとのことで、うなずいた。そうだね、すごいよね。

じゃあな、と行きかけた笹川くんがふたたび「そういや」と、振りむいた。その拍子に、午後の陽がオレンジ色の髪の上で反射する。私はまぶしさに目を細めた。

「この前はへんなこと言ってわりぃ。それとさ、俺、来週転校すんだ。おふくろがまた今の男とうまくいかなくなって、引っ越し。新しい土地でまた違う男探しだなんて、しゃあしゃあと言うからまいるわ。しょうもねえ女だけど、ま、今んとこ俺の保護者だからさ」

笹川くんが行ってしまうと、私はよろよろとベッドに戻った。あおむけにどさりと横たわる顔先に、四角い形に切り取られた水色の空がひろがる。ボタンをかけ違えてしまったみたいな感覚にとらわれていた。手足の先がみょうに心もとない。それから、はっと、思いたつ。

——私も、病院に行ってみたい。行って、確かめてみたい。

飛び起きて、窓の外を見わたす。笹川くんの姿はもう見えない。もどかしく上履きをひっかける。おぼつかない足どりで、それでも昇降口まで必死の思いで走った。そのまま校門の方を見る。ひと気のない鉄の校門は、九月の陽射しを照りかえし赤茶色に輝いていた。

私はへなへなと、昇降口のすのこの上にしゃがみこんだ。

夜になり、さんざん迷ったあげく、電話の受話器をもちあげた。去年の夏、いくどとなくかけた相手。それなのに、いざかけようとすると、番号は思いだせなかった。アドレス帳のすみっこに笹川くんの名を見つけ、確かめるような指先でボタンをおした。心臓の鼓動をかぞえられるほど緊張しながら、呼びだし音をきく。誰も出ないことを半分、願ってもいた。

かちゃりと受話器をとる音がきこえ、出たのは笹川くんの声だった。

「あたし、えっと、大石ですけど」

「おう」笹川くんのびっくりしたような低い声。相手が何か言いだす前に、私はきいた。

「あの……おばあさん、どうだった？　あれから、なんだか気になっちゃって」

なるべく普通にきこえるようにしゃべったつもりでも、自分の声が自分じゃないみたいにとんがっている。こんなエネルギーでだれかに電話をかけたのは、いつぶりだろう。

しずかに、まぶたを閉じて待つ。笹川くんの抑揚のない声が、耳に流れこんでくる。

「死んだよ」

その言葉は、しんと受話器のなかに響き、沈黙の尾をひいている。自分のなかをどんなに探しても、言葉のかけらも見つけられない。そう、星ばあの言ってた魂のぬけたからっぽの入れ物みたいに、今度こそ自分の中身が空白になった気がした。

「俺が病院に着いて、すぐ。結局、目をあけてるとこは見られなかった。もしもし？　大石、そこにいんのかよ？」

「あ、ごめん。えっと、何て言っていいかわかんないけど、残念だったね、おばあさん」

違う。こんなこと言いたいんじゃない。でも口から出るのは意味ない言葉の断片ばかり。

「まぁね。でも昼間も言ったけど、なにしろおぼえてもないひとだしさ。正直、身内が死んだとかって実感わかねぇ。ただ、死に顔見たらすごくおだやかで幸せそうな顔だったな」

「幸せ？」と、私は小さくきき直した。

「ああ。おふくろが言うにはもうずっと意識がなかったはずなのに、耳元で、マコトがもうすぐ来るってささやいたら、微笑んだっていうんだ。確かに笑ったって。うちのおふくろってばかで単純だけど、けっこういいやつでさ。それでうれしくなって、目閉じたままのばあちゃんにしゃべりかけたらしい、俺のこと。悪くって手やいてることや背がこの夏で八センチ伸びたこと。へんだろ。きこえねえはずなのに、がんがんしゃべったんだと」

私の目の前に光が飛び散るのを感じながら、やっとのことで言った。会えたんだね。

「じゃあ、会えたんだね、星ばあ。ちゃんと本物の、マコトくんに」

「え、何？　そのホシなんとかって」

いぶかしげな笹川くんの声に、ううん、とだけこたえた。立っているのがやっとだった。

これからまたお通夜に行くという笹川くんの声がはるかにきこえてる。どうにか形だけのおくやみの言葉を言って電話を切ると、私は長いことその場に立ちつくした。それからふらふらと階段をあがる。とちゅうつまずきそうになり、手すりを強くつかみながら。

またあとで、彼に冷静にききただせばわかるだろう。本当に、本当に、星ばあが、ホシノトヨさんが、笹川くんのおばあちゃんだったのか。いつから昏睡《こんすい》状態で病院のベッドに横たわっていたのか。でもきく必要はない気がした。

とてつもなく長くて短かったこの春と夏。星ばあにきたえられてきた私の勘は、ふしぎな確信で答えをみちびきだしていた。

いつだって、とっぴょうしもない星ばあのことだ。がたのきた自分の魂の入れ物にしびれをきらしたんだろう。ちゃっかりぬけだして、自由気ままに最期の旅としゃれこんだのかもしれない。この世の置き土産とばかりに、弱虫な中学生をからかったり、普段病院で食べられないものを思うぞんぶん食べたり。

そうしてときを過ごした星ばあは、成長した孫にだって会えたのだ。ちゃんと、自分の姿を彼の目のなかにやどらせて。

——楽しかった？　星ばあ。

気づくと、見えないひとに、ひそやかに話しかけていた。

階段のてっぺんまでたどり着くと、そうっと出窓をあけた。秋の夜の甘く青い気配に頬をやさしくなでられる。深い藍《あい》の空はいつになく澄みわたり、星ぼしのまたたく音さえきこえてきそうなほどだった。かわいた心に、草いきれのまじる夜のしめりけを思いきり吸いこむ。すんと、鼻の奥から透明な痛みがすべりおり、私は奥歯を噛《か》みしめた。

何げなく、暗い庭に目をおとそうとしたそのときだ。外にわずかにはりでた窓わくのふちで、何かがきらりとゆれて光った気がした。

星空にあわせていた目の焦点を、間近にあわせたその瞬間。息がとまる気がした。

それは、糸だった。

まだ青いかえでの葉を重しのようにのせて、窓わくからたれさがった糸。けっこう長い。庭のびわの木の葉先までとどきそうなほどだ。銀色のくもの糸のように、きらきら夜の宙にたよりなく舞っている。そっと葉をどけ、糸のはしをつまむ。ゆるゆるたぐりよせると、やわらかくたわんで指先にまきついた。

指のふるえをおさえるように、糸の根っこをぎゅっと握りしめた。窓から身をのりだし、もう片方のはしを投げる。夜空に釣り糸を放るみたいに。手を大きくふりあげて。

私と星ばあだけが知るひみつの糸電話。星ばあは、私のちっぽけな願いをおぼえていたんだ。握りしめた糸を耳もとに近づける。見えない紙コップがその先っぽについているかのように。この糸の先は、どこにつながってるんだろう。

「星ばあ?」

そっと呼びかけてみても、きき慣れただみ声は耳にとどかない。夜のすきまがたてる幾千もの音のない音が、しずかにうずを巻くだけ。それでも私は、いつまでも銀の糸を耳におしあて目を閉じていた。ひんやりした夜気に、鼻筋をつたう涙だけがおどろくほど熱い。

星ばあはもういないのだ。

夜の屋上にも、路地《ろじ》の曲がり角にも、みょうちきりんな服を着た星ばあの姿を見ることはもうないだろう。それでも、おもかげは、生きてそばにいる。

私は知っていた。星ばあは「しるし」を残していったのだ。

あたしゃもう行くよ、というしるし。星ばあが同じ場所にいられなかったように、私も足を進ませるしかない。歩き、何かとつながり、離れ、またつながっていく。

そのめくるめく時間の流れを、生きていかなきゃならないのだと思った。

私のおえつは、星と星をつないだかのようだ。目をあけると、にじんだ空のあちこちで、ときおり光がまたたくのが見えた。伝えたい言葉はとめどなくあるのに、何ひとつ出てこない。でも星ばあは、どこかで耳をすませ、きいてくれている気がした。

やっとのことで、私は、とぎれとぎれの声をつなげ、言葉にした。

ありがとう、私は、楽しかったよ、と。


冬がきて春になった。私は中学最後の年をむかえ、家族にくわわったちいちゃな新メンバーのせいで、家中はてんてこまいだ。あれから屋上には行ってない。人妻とカケオチした牛山先生が、書道教室をしめてしまったせいで、今は駅の反対側の大きなカルチャースクールに通っている。課題の文字もあり、お手本の書き方もきちんと教えるところだ。

松葉杖《まつばづえ》なしで歩けるようになった亨くんとは、ときおり話す。私が、いつか彼にとってとびきりのおんなになれたとき、こちらからプロポーズするつもりだ。ママみたいに。

先週は、担任の先生から呼びだしをうけた。進路指導のアンケートに、「高校進学はやめて就職したい」と書いたせいだ。とくに希望の就職先に「看板屋で修業をつみたい」と書いたのが、先生の気に食わなかったらしい。でも私は、やっとみつけたこの「未来への道」がなかなか気に入っているのだ。

あたまにうかぶのは、こんな光景だ。

自分で描いた巨大な看板を、まずはあの駅前のおんぼろビルの屋上にとりつけるのだ。広い空に向かってかかげた板には、大きな大きな筆文字で、こんなふうに書こう。

WELCOME BACK

いつか星ばあが戻ってくるときに、迷わないように。私をこの世におくり出してくれたお母さんが、私と、私のつくったものを、見つけられるように。そうしたら、私は彼女に言うだろう。いつかは、私を連れ戻そうとしてくれて、ありがとう。

看板は、降りそそぐ陽射しや月の光をあびて、輝いている。

いつまでも、いつまでも、心にまぶしいしるしを残し、輝きつづけている。

あとがき

これを書いている今、さみしいきもちをもてあましている。べつに、生まれてはじめて「あとがき」なるものを書くにおよんで、「時が経つのは早いもんだねえ。あたしも年をとるってわけだよ」と、ものさみしい気分に陥っているわけではない。つい二時間ほど前に、仲のよかった友人カップルが別れをきめたことを伝え聞いたからだ。つがいの小鳥みたいに仲良しだったふたり（彼女たちの場合はたまたま、どちらも♀であったが）。結婚式にきてくれたお返しにと、セントラルパークの馬車ツアーをプレゼントしてくれるほど粋だったふたり（これに乗りたくてもなかなか乗れずにいるこの街の住人のなんと多いこと！　東京住人にとっての鳩バスみたいなものらしい）。

さみしいしらせを受け取るとき、私はいつも心でつぶやいてしまう。主人公のつばめのごとく。

時間はどうして誰もかれもを同じかたちのままにしておかないのかな、と。

本人たちはもしかして、とうに心の新たなる置き場をみつけているかも知れぬというのに。部外者の私のほうがまごまごしてしまう。はあ。年を重ねても、まごつき加減はちっとももましにはならないようだ。もしかして、学校や会社で鍛えぬかれなくなった分、ますます打たれ弱くなっているのかもしれない。

三日にあげず通う近所のベーグル屋が、四回のうち三回は売り切れなとき。「いつも売り切れですけど、いったい何時にくればいいんでしょうね」とおずおず訊《たず》ね、逆に「早起きしろい！」と叱られたとき。電気の工事人が十回のうち九回は約束の時間に現れないとき。わかっちゃいるのに、「そんなもんさね」とは、やり過ごせない。情けない。おたおたまごまご、がっくりの機会は、生きているかぎり容赦なく日常に繰り返し繰り返し、おとずれるものらしい。あなおそろしや、である。

この物語は今まで書いた数すくない作品のなかで、もっとも自分に近い位置にあるように思う。そのぶん、あの頃が懐かしい、などと悠長な心もちにはなれない。あいたた、と声をあげたくなる箇所だらけだ。それでも書いてよかったと思えるのは、感想を届けてくれた方の多くが、いくつになっても私と同じように、まごついていると知ったからだ。まったくもって勇気づけられる。一緒に「まごまご同盟」を結成し、地道に定例会をひらいてなぐさめあいたいくらいである。

これからも、私は年齢に関係なく、まごついたひとびとを書きつづけるのだろう。その一方で、星ばあのように底意地わるく、粗野で、お調子屋の人物も。このふたつが、実はあまりかけ離れてはいないのが、人生の不可解で面白いところでもある。

初めてティーンエイジを主人公にした本を作るきっかけを与えてくださったポプラ社の野村さん、ありがとうございました。私が、絵の本を作りたくて見本まで用意していったのに、それをさっと脇によけ（!）、「十代のお話を」と口説いていただかなかったら、つばめも星ばあも生まれませんでした。角川書店の伊達さん、颯爽《さっそう》とあらわれながらも、速度の遅い私にあわせ、ゆったりペースで綺麗《きれい》な文庫にまとめていただき、ありがとうございます。装画の吉田さん、デザインの都甲さんにも感謝します。吸い込まれそうな甘い夜空は、がさつな星ばあにはもったいない。私が飛びたいくらいです。

最後に、本のなかに登場するゆううつな飛行少年について。もとになっているのは、ディディエ・マルタンの「飛行する少年」という本である。

空が飛べるなどという贅沢《ぜいたく》な才を持っていたって、うじうじするひとはするんだから。まあ、飛べない平凡な私たちがちょっとぐらいまごついたり、くだらないことで弱音を吐いてもいいではないか、ね。

二〇〇六年　六月

野中 ともそ

今日こそはベーグル屋のおじさんに叱られないように、とおびえつつ。
真夏日のNYロウワー・イースト・サイドにて

丁寧に優しく、力に満ちている

北上次郎

中学生のつばめはブルーな気分だ。それは中学生というのがちゅうとはんぱな年齢だからだ。もっと幼いときなら、五歳年上の亨くんに昆虫採集の標本作りを教えてもらったり、亨くんのいないすきに彼の部屋にあがりこみ、ベッドをトランポリンがわりにして遊んだり、一緒に水風呂《みずぶろ》に入ったこともある。ところが、中学に入った途端、亨くんに対する恋心を意識すると、もうそんなふうに無邪気に遊べなくなる。近所で偶然にすれ違っても、がちがちになり、ということは表面上はそっけなくなり、こうなると亨くんも遠慮して声をかけてこなくなって、次第に幼なじみからただの隣人になっていく。あたしはこんなに好きなのに。もっと大きくなれば、亨くんと歩いている女子大生のように高級そうなバッグを腕にかけて、笑いながら話せるのに。中学生はとても不便だ。

というわけで、亨くんの誕生日にバースデー・カードを送ったものの、さらさら髪の女子大生にそのカードを覗《のぞ》かれて、「可愛いお隣さんね」なんて微笑まれるのはまっぴらだとようやく気づいて後悔し、あのカードを取り戻す方法はないものかと頭を痛めているときに、星ばあと出会う。星ばあは空を飛ぶことが出来ると言い張るヘンなばあさんだ。意地悪で、ずるがしこくて、憎々しい魔女そっくりのばあさんだ。そのバースデー・カードを取り戻してあげるから、食べ物を持ってきておくれと言われるのが、この長編の発端である。

星ばあが本当に空を飛ぶことが出来るのか。願い事をかなえることが出来るのか。他の人には本当に見えないのか。つばめにはわからない。わからないまま物語は進んでいく。星ばあが魔法使いの老女ならファンタジーになるところだが、それが本当かどうかわからないので、物語はリアルに進んでいく。それが本書のミソ。

とはいっても、シリアスな面は巧みに背後に隠される。つばめの産みの母は書家で、父と自分を捨てて家を出ていったこと。亨くんの姉いずみちゃんがろくでもない男と付き合っていること。そのために亨くんが巻き込まれること。つばめの周囲にはシリアスとしか言いようのないドラマが山積みされているが、物語はあくまでも星ばあが会いたがっている孫のマコトくん探しを中心に進んでいく。このあたりの構成が絶妙だ。

野中ともそは、一九九八年に「パンの鳴る海、緋の舞う空」で第十一回の小説すばる新人賞を受賞した作家だが、本書の元版が刊行されたときに書いた新刊評を引く。

「野中ともそ『宇宙でいちばんあかるい屋根』は、空を飛ぶことが出来るというヘンな老女と中学生の奇妙な出会いを描くヤングアダルト小説で、この魅力が何であるのかまだ私にはうまく説明できない。しんとした気持ちになる小説で、中学生小説ベスト30などという企画があったらぜひともランクインさせたい」

新刊紹介を生業《なりわい》とするくせに、魅力を説明出来ないとは情けない。少しだけ弁解しておくと、野中ともその小説は豊穣《ほうじょう》すぎて、なかなかその正体を見せないのである。しかしその作品と付き合っているうちにわかってくる。本書の一年後に刊行された『カチューシャ』の新刊評を行きがかり上引いておく。

「こちらは高校生を主人公にした小説で、カチューシャとは転校生につけられたあだ名。主人公の少年も、そしてカチューシャと呼ばれる少女も、そしてワルガキの同級生も、これが現代の高校生なのかよと驚くほど、牧歌的な日々を送っている。高校生を描きながら、ここには性も暴力もドラッグも登場しないのだ。もちろん、そういう高校生がいても不思議ではないが、あまりに牧歌的すぎるので、それがいささか奇異に映るかもしれない。しかし、それこそが作者の意図であることは、主人公かじおの設定で明らかだ。なにしろこの少年は、小学生のころ、給食の時間中に食べ終えることが出来ないほど何事もゆっくりしていて、高校生になった今も、問題を考えているうちにテストの時間が過ぎてしまう。それでも父親は怒らず、「のろまなことはけっして悪いことではない」と言うのである。この設定に留意したい。つまり、かじおは生きる速度が違う少年なのだ。ここにこそ、この小説のモチーフがある。牧歌的な学園生活が描かれるのは、これがヤングアダルト小説だからではない。そのかじおのゆったりとした速度が人を癒していく物語を描くためのものにほかならない」

ずいぶん長い引用になってしまったが、この『カチューシャ』論を一方に置けば、本書の意味も解けてくる。たとえば本書の末尾近くに出てくる笹川くんの、「よく言えねえけどさ。知らない誰かが、自分のことそんなふうに思ってくれてるなんてすげえって。離れたところで見守ってくれてたのかなって」という台詞《せりふ》を思い起こしたい。ここから、『カチューシャ』のかじおまでは、ただの一歩といっていい。かじおが、フォークダンスの輪からはじき出されても、焦ることなく、おどおどすることなく、草原にすっと立つキリンのように、じいっと校庭に立つのは、父親と、そして幼いときに亡くなった母の愛に包まれているからだが、そのモチーフを本書にもまた見ることが出来るのである。

『カチューシャ』に比べ、本書は盛り沢山なので、そのあたりが見えにくくなっているが、さまざまな意匠を取り払えば、本書もまた『カチューシャ』に通底していることは明らかである。家を出ていった母親に対するつばめのこだわりの心理とその着地に留意したい。だから、『カチューシャ』論の結語をここでも繰り返す。

「親の愛は必ず届く、と信じなかったら、子を育てる勇気を持てそうにないが、大丈夫、必ず届く。かじおを見れば、信じる気持ちがもりもり湧いてくる。いい小説だ」

この「かじお」を「つばめ」に換えれば、それだけで『宇宙でいちばんあかるい屋根』論になる。『カチューシャ』の主人公が高校生であったのに比べ、こちらの主人公は中学生なので、全体としては成長小説の側面を持っているが、野中ともその作品らしく、丁寧に優しく、力に満ちている。ラストに出てくる糸電話のイメージも鮮烈といっていい。

最後に一言だけ繰り返す。いい小説だ。

本書はポプラ社から二〇〇三年十一月に
刊行された単行本を文庫化したものです。

宇宙《うちゅう》でいちばんあかるい屋根《やね》

野中《のなか》ともそ

角川文庫 14319

平成十八年七月二十五日　初版発行

発行者――井上伸一郎

発行所――株式会社角川書店

東京都千代田区富士見二―十三―三

電話　編集(〇三)三二三八―八五五五

営業(〇三)三二三八―八五二一

〒一〇二―八一七七

振替〇〇一三〇―九―一九五二〇八

印刷所――暁印刷　製本所――BBC

装幀者――杉浦康平

の 7-1　ISBN4-04-381701-0　C0193

角川文庫発刊に際して

角川源義

第二次世界大戦の敗北は、軍事力の敗北であった以上に、私たちの若い文化力の敗退であった。私たちの文化が戦争に対して如何に無力であり、単なるあだ花に過ぎなかったかを、私たちは身を以て体験し痛感した。西洋近代文化の摂取にとって、明治以後八十年の歳月は決して短かすぎたとは言えない。にもかかわらず、近代文化の伝統を確立し、自由な批判と柔軟な良識に富む文化層として自らを形成することに私たちは失敗して来た。そしてこれは、各層への文化の普及滲透を任務とする出版人の責任でもあった。

一九四五年以来、私たちは再び振出しに戻り、第一歩から踏み出すことを余儀なくされた。これは大きな不幸ではあるが、反面、これまでの混沌・未熟・歪曲の中にあった我が国の文化に秩序と確たる基礎を齎らすためには絶好の機会でもある。角川書店は、このような祖国の文化的危機にあたり、微力をも顧みず再建の礎石たるべき抱負と決意とをもって出発したが、ここに創立以来の念願を果すべく角川文庫を発刊する。これまで刊行されたあらゆる全集叢書文庫類の長所と短所とを検討し、古今東西の不朽の典籍を、良心的編集のもとに、廉価に、そして書架にふさわしい美本として、多くのひとびとに提供しようとする。しかし私たちは徒らに百科全書的な知識のジレッタントを作ることを目的とせず、あくまで祖国の文化に秩序と再建への道を示し、この文庫を角川書店の栄ある事業として、今後永久に継続発展せしめ、学芸と教養との殿堂として大成せんことを期したい。多くの読書子の愛情ある忠言と支持とによって、この希望と抱負とを完遂せしめられんことを願う。

一九四九年五月三日

角川文庫ベストセラー

ばるぼら(上)(下)　手塚治虫

バルボラというフーテン娘に導かれ、芸術と狂気の間をゆれ動く、ある作家の栄光と喪失。バルボラは悪魔か女神か―。

ナンシー関の顔面手帖　ナンシー関

日頃から気になる愛すべき「ヘン」な著名人達。そんな彼らへの熱き想いと素朴な疑問を、彫り尽くす！　抱腹絶倒、痛快人物コラム&版画作品集。

何様のつもり　ナンシー関

トレンディドラマの人気、商品当てクイズ番組の貧乏臭さ、そして公共広告機構CMの恐怖……。辛口にして鮮やか、痛快TVコラム集第二弾！

何をいまさら　ナンシー関

芸能レポーター達の不気味な怪しさ、お涙頂戴番組への憤懣、「正解の絶対快楽性」を生むクイズ番組の魔力……。切れ味ますますパワーアップ！

何の因果で　ナンシー関

髪型にみる元・名物編集長の生理、花田家が紡ぐ物語、二世タレント天国等、TVネタからナンシー自身の日常ネタまで、思わず膝を打つコラム集。

何もそこまで　ナンシー関

消しゴム版画王にして、最強のTVウォッチャーの著者が、大甘なテレビ界に巣くう芸能人や番組づくりに疑問と怒りを投げかける、痛快テレビコラム集。

何が何だか　ナンシー関

「20世紀最強の消しゴム版画家」にして不世出の「ハード・テレビ・ウォッチャー」が、'95年〜'97年当時の芸能界を版画とコラムで斬ったコラム集。

角川文庫ベストセラー

何がどうして　ナンシー関

不世出の消しゴム版画家、ナンシー関の最強テレビ批評コラム集、第六弾！　藤原紀香から森繁久彌までメッタ斬り！

ワンス・ア・イヤー　私はいかに傷つき、いかに戦ったか　林　真理子

あの日、あの恋、あの男。就職浪人の女の子がベストセラー作家になるまでの、苦難と恍惚の道のりを鮮烈に描いた自伝的傑作長編小説。

ピンクのチョコレート　林　真理子

贅沢と快楽を教えてくれた男が事業に失敗、最後の〝愛情〟で新しいパトロンに引継ぎを頼むが。自分で道を選べない女の切ない哀しみ。(山本文緒)

美女入門　林　真理子

お金と手間と努力さえ惜しまなければ誰にでも必ず奇跡は起きる！　センスを磨き、体も磨き、自ら「美貌」を手にした著者のスペシャルエッセイ！

美女入門　PART2　林　真理子

モテタイ、やせたい、きれいになりたい！　すべての女性の関心事をマリコ流に鋭く分析&実践！大ベストセラーがついに文庫に！

もの食う人びと　辺見　庸

飽食の国を旅立って、飢餓、紛争、大災害、貧困の世界にわけ入り、共に食らい、泣き、笑った壮大なる「食」の人間ドラマ。ノンフィクションの金字塔。

不安の世紀から　辺見　庸

価値系列なき時代の不安の正体を探り、現状に断固「ノー！」と叫ぶ、知的興奮に満ちた対論ドキュメント。「いま」を撃ち、未来を生き抜く！

角川文庫ベストセラー

ゆで卵　辺見　庸

くずきり、ホヤ、プリン、するめそしてゆで卵。食物からはじまる、男と女のそぞろ哀しく、妖しい愛とエロスを描いた傑作短編小説21編。

屈せざる者たち　辺見　庸

戦後社会の虚妄、家族のあり方、マスコミの罪、身体と言葉などについて、12人と徹底的に語りあう。現代社会の問題点が見えてくる骨太の一冊。

新・屈せざる者たち　辺見　庸

日高敏隆、芹沢俊介、古山高麗雄、新井英一、灰谷健次郎ら敢然とわが道を歩む「屈せざる者たち」15人と、現代の内奥を語り合う。

眼の探索　辺見　庸

この国のあやかしの景色にひそむ病理を、たぐい稀な視力と根源の言葉で解析、今日的閉塞のわけを突きとめる。問題作「虹を見てから」併録。

贅沢貧乏のマリア　群　ようこ

父森鷗外に溺愛されたご令嬢が安アパート住いの贅沢貧乏暮らしへ。夢見る作家森茉莉の想像を絶する超耽美的生き方を綴った斬新な人物エッセイ。

キラキラ星　群　ようこ

賭博好き、ムショ帰りのハードボイルド作家緑川と元気いっぱいの編集者ひかり。二人の愛の同棲生活は公共料金も払えない貧乏な日々だった。

飢《う》え　群　ようこ

文学への夢と母との強い絆によって貧乏のどん底からはい上がってきた作家林芙美子。その生涯を現代の人気作家がたどる、苛烈で愛しい新評伝。